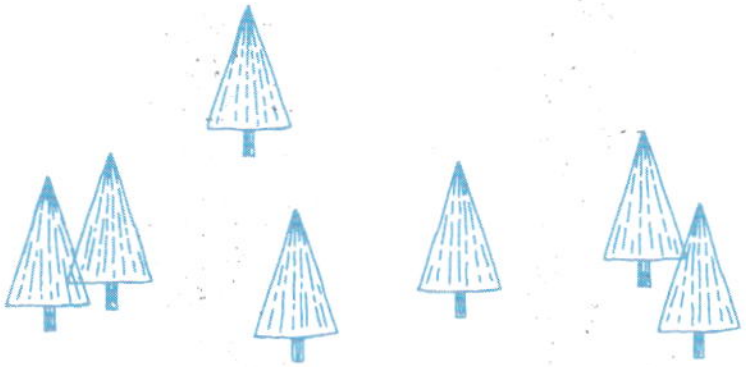

ショートショートの小箱

森の美術館

目代 雄一

書肆侃侃房

はじめに

ショートショートは魅力あふれる小宇宙です。本書では、恋愛話や普通の小説のような設定もありますが、時には鬼、宇宙人、幽霊、妖怪、死神、地底人、デビル……など奇妙な者たちも登場します。そして、ラストのどんでん返しに向かって何らかの道案内をしてくれます。

ショートショートが初めての方は、どこからでも気楽に読み「にやり」「どきり」「ほろり」を、お楽しみください。（ほとんど「にやり」かもしれませんが……。）

読み慣れている方は、オチを予想しながら読むこともあるでしょう。願わくは、ラスト数行で「なるほど、そうきたか」と、お楽しみいただけましたら幸いです。

目次

II章——相合い傘

Ⅲ章――真夜中のタクシー

I章　多難

満月の夜

「満月の夜には、キツネは術をかけれへん」

清は空を見上げながら、母親の言葉を思い出していた。

青年団の会合が長引き、辺りはもう真っ暗だ。これから山道を歩いて家まで帰らなくてはならない。昔から、悪戯好きのキツネが出るという山を越えるのである。

――今夜は満月が出とるから、キツネも悪いことせんやろう。

清がだんだん峠にさしかかると、道端に誰かがうずくまっていた。

――はて、こないな遅くに。

近寄っていくと若い娘だった。

「娘はん、どうしたの」

「鼻緒が切れてしまったのです」

娘は、すがるような目で清を見た。

――えらい美人や。色も白いし、言葉遣いもわいとはちゃう。

清は手ぬぐいを取り出して口で裂き、それをこよりにして鼻緒をすげ替えた。

「満月の夜やけど、山は暗いし危険や。わいと山を下りよう」

「ご親切にありがとうございます。ご一緒できたらうれしいです」

娘は、清にぴったりと寄り添って歩き始めた。

「清さんは素敵な方ですね」

娘の声が、甘い響きをともなって清の耳にこだました。

「わ、わいの名前を知っとるのか」

「はい、さっきの手ぬぐいに名前が」

――この娘、ひょっとしてわいのことに興味がある……。

「よ、よかったら、わいの家に寄っていきまへんか」

「はい、喜んで」

娘が、そっと手を握ってきた。

清は恥ずかしさのあまり、もう前しか見ることができない。顔を赤らめ黙ったまま歩き続けた。虫の音や風のそよぎもなく、山道はしんとしていた。


「おかん、ただいま」

清が玄関の引き戸を開けると、ぷんと煮物の匂いがした。

「おかえり。あっ!」

母親が目を丸くした。

「清、どないしたの」

「きれえな娘はんといっしょに帰ってきたんや」

「どこに娘がいるのやろか」

「ほら、ここに。えっ!」

「それにお前はかかしの手を握って」

「こ、これはどないしたこと」

ふと見上げると、夜空には二つの月が出ていた。
満月と半月である。
ほどなく満月のほうが、すっと消えた。

多難

あれは忘れもしない高三の秋のこと。

両親が用事で外泊をした。家には僕と弟の二人きり。僕らはこれ幸いとはしゃいでいた。恋バナ、プロレス、深夜までゲーム三昧と……。

翌朝のこと。僕は寝過ごしてしまった。弟はもう学校へ行っていた。僕は顔も洗わず自転車にとび乗り、全力でこいで教室に滑りこんだ。するとクラスは大爆笑。僕の額には『アホ』、頬には『ブタ』、そして鼻毛まで落書されていたのだ。さらにショックなのは、片思いのすずちゃんが軽蔑の眼差しを向けていたこと。弟の仕業だ。プロレスで負けた仕返しだろう。マジックを落とすため、保健室でハンドクリームをかりて何とか拭き取った。

教室にもどると体育で誰もいなかった。更衣室は遠いので、教室で着替えることにした。僕がズボンを下ろしたとたん、すずちゃんが入ってきた。そのかん高い叫び声に、生徒指導の先生が駆けつけた。僕は職員室に引っ張られ、取調べが始まった。近所で似たような不審者が出たらしく、昨日の行動までしつこく聞かれてしまった。

お昼にやっと解放された僕は、親友の誠と学食に入った。朝食ヌキだったので、迷わず卵入り大盛りカレーにした。そこにすずちゃんがやってきた。マドンナのすずちゃんは、友達を何人も連れていた。

「忘れ物を取りにもどっただけなの。何も見てないわ。ホントよ。何も見てないのよ」

すずちゃんは、どうしてもそれを言いたかったようだ。「何も見てない」と、あれだけ強調するということは「何ともまずいものを見た」のだろう。悲鳴まであげたからな。全身が汗ばんできた僕は、ワイシャツの袖をまくった。「あっ!」、その腕にも「すずいのち」の落書があった。すずちゃんはくるりと背を向け、細い肩を震わせた。ふわっとした髪が揺れている。まわりの友達は笑いをこらえていた。失恋を悟った僕は、思わずテーブルを叩いた……つもりがカレー皿を叩いてしまった。皿が宙を飛び、すずちゃんのスカートにベチャリ。卵入り大盛りカレーがお尻のど真ん中だ。僕はすぐにハンカチを取り出して広げた。「あっ！」、何とそこにも「アホがみるブタのケツ」の落書が……。すずちゃんは「んもう、サイアク！」と、床のカレー皿を僕に投げつけた。それは僕のズボンにベチャリ。股間のど真ん中だ。「うああああ……」ついにキレた僕は学食を走り出た。どこをどう走ったか覚えてないが、気がつくと教室にもどっていた。僕はナップサックから体操服を出し、ズボンを一気に下げた。「ギャー！」また、かん高い叫び声が響いた。すずちゃんも体操服を取りにきたのだ。すずちゃんは、後を追ってきた誠を突き飛ばして教室を出て行った。「お、お前……」、誠は呆然と立ちつくしていた。完全にパニクっていた僕は、下着ごとズボンを脱いでいたのである。

校長室に呼ばれた僕は、これ以上ないくらい絞られた。校長は「不審者は君だな」と決めつけた。親にも連絡され家に帰された僕は、激怒した親父にバリカンで頭を刈られた。人生初めての坊主頭。それもトラ刈りの……。

次の日のこと。級友から白い眼で見られながら席についた僕は、トラ刈りの頭で考えた。凹むな。人の噂も七十五日だ。それに卒業して日がたてば、皆は忘れてしまうようなことだから。

「おはよう！」

担任が入ってきて話し始めた。それは僕にとってとどめの一言となった。

「今から個人写真を撮る。卒業アルバム用だ。これは一生残るので……」

地獄めがね

日曜の昼下がり。

冴子が枕元のモニターに釘づけになっていた。その画面には……。

『息子の慎也が戦いを強いられていた。額に三角の布をつけた亡者と出会うたび、お互いに殴り合わねばならないのだ。まわりでは青鬼たちが「それやれ！　もっとやれ！」とあおりたてていた。ついに慎也は殴り倒され、針の山へと突き落とされてしまった。そこには口から火を吹く赤鬼が待っていた』

寝ている慎也の目に涙がにじんでいた。

——なかなかすごいわね。もういいかも。

冴子が地獄めがねのスイッチを切った。だんだんと地獄の映像が消えていった。

ピッ！

——慎也もこれでいい子になるかしら。

冴子は地獄めがねの説明書を開いた。それには「悪いことをしたら地獄に堕ちるというしつけの目的で使用してください。対象は六歳未満。（※を参照のこと）最新の脳刺激装置を埋めこんでいるため、昼寝などの短い睡眠時のみの使用をお願いします。保護者は付属のモニターで夢の映像を確認してください」と記されていた。

「子どものしつけに効果てきめん」と評判の新しい教育機器である。

——確かに、絵本やDVDよりリアルね。

冴子は、まだ寝ている慎也から地獄めがねを外した。

——これは子どもにしか効かないのかしら。

※を見ると「六歳をこえると脳の情報量が増えるので、純粋な地獄の夢にならないこともあります」とあった。

——別に危険なわけではないわね。

冴子はふと、夫の弘にも試してみようと思った。

——今日も朝早くから出かけて行ったし、このごろ妙にワタシにやさしい。きっと何か悪いことをしているはず。

その晩、弘はかなり遅くに帰宅した。弘はシャワーを浴びると、すぐにベッドでいびきをかきはじめた。冴子はそっと弘に地獄めがねをつけた。数分後、モニターに弘の夢が映った。

『弘は忘れ物を取りに帰ろうと焦っていたが、なぜか家にたどりつけなかった。そのうち海のほとりに出た。すると波がだんだん高くなってきたので、急いで逃げようとした瞬間、ジェットコースターに乗っていた。隣には青鬼が座っている。その青鬼が弘の安全ベルトを外した。弘は真っ逆さまに針の山へと……』

——夢らしいストーリーで地獄に堕ちたのね。

『弘は針の山で倒れていた。そこに巨大な赤鬼がやってきた』

——まあ……。

『赤鬼は弘をつまみ上げ、今度は煮え立つ釜に放りこんだ』

ピッ！

冴子が地獄めがねのスイッチを切った。だんだんと地獄の光景が消えてゆく。

——やらなきゃよかった。

冴子はむっとして口をとがらせた。

——赤鬼の顔がワタシだなんて。

掛軸の行方

——これは本物だ！

骨董屋の黒江は興奮していた。手にしているのは古い掛軸。目の前の老婆が持ちこんだものだ。

——狩野派の作品に間違いない。それも国宝級の掘り出し物だ。こんな貧相でくしゃくしゃのばあさんなのに、よくこんなものを。

老婆は、さっきから灰色のほつれ髪をなでながらしゃべり続けていた。

「主人とやってきた文房具屋を閉めることになりましてね。もう年だし赤字続きでねぇ。

それで値が付きそうなものを処分しているのですよ。昨日はコピー機やシュレッダーを業者に見てもらったのだけど、お金になったのはコピー機だけでねぇ。シュレッダーなんて零円ですよ。それじゃあ渡すわけにはいきません。それで主人が先祖代々伝わるこの掛軸を出してきて、値がよければ売ろうというので持ってきたのですよ。こういうものは、お宅のような専門家に鑑定をしてもらわないと……」

——これは一千万円……いや、それ以上の名品だ。でも、そういう事情なら買い叩けるぞ。

最近、黒江も株で大損をして店が傾きかけていた。

「我々の業界には、掛軸を見たら偽物と思えという言葉があります。これも無名の画家が、狩野派を真似て描いたものでしょう」

「やっぱり評価は零円ですか」

黒江は腕を組み、もったいをつけてから告げた。

「特別に千円で買い取りましょう」

「……主人に叱られるのでやめときます」

老婆が小鼻をふくらませた。

「ちょっ、ちょっと待ってください。本格的な表装だし、よく見るとなかなか上手な絵です。二千円出しましょう。それと箱は総桐ですね。こういうのを欲しがる客は多いのです。よし、奮発して箱には一万円出しますよ」

黒江がずれた眼鏡を押し上げて、早口でまくしたてた。

「まあ、それはお得ねぇ。でも、主人の許しがいるので帰って聞いてみます」

「では、前金でお支払いしておきましょう」

黒江は素早く一万二千円を老婆に握らせた。

――これで掛軸が手に入れば安いものだ。

数日後のこと。

黒江宛に宅急便が届いた。あの老婆からだ。包みの中には掛軸の箱と封筒が入っていた。笑顔で箱を開けた黒江は腰を抜かした。

――どういうことだ。

箱の中はカラだったのである。封筒のほうには手紙と二千円が入っていた。黒江はあわてて手紙を読み始めた。

『前略ごめんください。先日はお世話になりました。古い箱に一万円もの値を付けていただいたことは感謝です。家に帰り掛軸の鑑定結果を伝えたところ、主人は大変悔しがり激怒しました。その結果……』

——何だって！

『主人は掛軸を引きちぎり、シュレッダーにかけてしまったのです。そういう訳ですので掛軸代の二千円は返金させていただきます。本来なら持参すべきですが、何かと忙しく、こっそり宅急便で送らせてもらいました。かしこ』

黒江の顔は、あの老婆よりもくしゃくしゃになっていた。

パチンコの天才

テンポの速い曲が流れる店内で、一人の大学生がパチンコに明け暮れていた。

そうなったきっかけは、初めてのパチンコで大当たりを経験したことである。さらに、ビギナーズラックに終わらず、二度目も三度目も同じ結果だったのだ。学生は、パチンコに関して何の研究も努力もしていないのに……。

――ボクは、精神を集中させると大当りする台がわかる。そうでない台に座っても、遠隔操作のようなパワーが働いて、当たる確率を上げることができる。どうやらボクはパチンコの天才なのだ。

学生は大学の授業をサボり、パチンコにのめりこんでいった。

最近は、近所の「パラダイス」の常連となっていた。ここは入り口で店長が最敬礼で迎えてくれ、午前中は無料のコーヒー、午後はクッキーのサービス、そして一日中マッサージ機も使い放題だった。

玉の交換時には、カウンターの店員が満面の笑みでおしぼりをくれるし、チラシも封筒に入れて渡してくれる。

今日も、この店員は学生の近くに寄ってきて「ナイス!」「すごい!」「天才だ!」などと声をかけてくれた。

——胸板が厚くてマッチョなおじさんだな。髭もよく似合っている。

その帰り際のこと。

「お兄さんだけだよ」と、学生はチョコレートと封筒を渡された。

——昨日は、夕立がきたので傘を貸してくれたよな。見た目はマッチョだけど、心は温かい人だ。

チョコは見るからに高級そうなものだった。封筒のほうはゴミ箱へと思ったが、いつもと違うピンク色だったので、中のチラシを取り出すと薔薇《ばら》の香りがした。

「マジか……」

何と、それはラブレターだった。

『いい歳をしてこんな手紙を……』で始まり、学生への恋心が綴《つづ》られていたのである。

――ボクにそんな趣味はないよ。やけに愛想がよかったのは、そういうことだったのか。これはヤバイよ。

手紙の最後には、『返信はいりません。もしお付き合いしていただけるなら、明日はこのピンクの封筒を私に手渡してください』と、記されていた。

――あーあ、もうパラダイスには行けないよ。いい店だったのに……。

翌日、学生は隣町のパチンコ屋まで足を伸ばした。

そのころパラダイスでは、店長とマッチョな店員が話をしていた。

「あの学生、今日はきてないぞ」

「そのようですね」

「世の中には、ああいうパチンコの天才もいるからなあ」

店長が、舌打ちをした。

「私も見事にフラれてしまいました」

「はっ、はっ、はっ」

店長が、店員の肩をたたいてねぎらった。

「ご苦労さん。うまくやってくれたな」

キツネの恋

鎮守の森に花火が上がる。

射的、綿菓子、金魚すくい……。

浴衣姿の娘が、神輿を担ぐ一人の青年を見つめていた。その凛々しい青年も、きれいな娘の熱い視線を感じていた。二人はたちまちのぼせあがり、恋に落ちて……。

だが、娘はキツネの化身だった。

森に帰ったキツネの瞼《まぶた》には、愛しい青年の姿が焼きついていた。頭にしたねじり鉢巻きから履いていた足袋まで、何もかも素敵だったのだ。

――ああ、人間になりたいわ。

その願いを叶えるため、キツネはフクロウのもとを訪ねた。神様の使いをするフクロウは、頼りにされる森の賢者なのだ。

「キツネよ。もう一度化ければよいのじゃ」

「それでは一日しか持ちません」

「うむ、人間になる薬もあるのじゃが……」

「ぜひお願いします」

「飲めばもうキツネにはもどれぬぞ」

「はい、かまいません」

「それと、お前の尻尾だけはそのままじゃぞ」

「……はい」

かくしてキツネは人間の娘になり、青年のもとへ嫁いだ。

晴れて新妻となったキツネは、尻尾を隠しながら暮らし始めたのだが、あるとき思わぬものを見てしまった。

「あなた、それって」

「隠していてすまなかった。実は……」

夫にも尻尾があった。

夫はタヌキだったのである。

鎮守の森では、あのフクロウが哲学者のような表情でつぶやいた。

「タヌキとキツネの夫婦か。まあ、恥じることはない。人間もまた、同じような輩《やから》じゃ」

ワザあり集合写真

四月の初め、小学校の教職員が中庭に集まってきた。恒例の集合写真を撮るためである。婚活中の泉は、きれいに写ろうといろんなワザを使っていた。

――新採の桃香先生の隣はダメね。

泉はそっと桃香先生から離れた。

――スリムな佳子先生の近くもマズイわ。

泉は佳子先生とも距離をおき、年配の万里子先生と、Lサイズの牧子先生の間に割りこんだ。

——よし、いいポジションをゲットね。次は小顔に写るようにしないと。

泉は半歩下がった。

——端のほうじゃなくて、真ん中に近い位置なのもオーケーね。

泉は左足と左肩を少し前に出して、身体を斜めにした。

——これで細く写るわ。

「そろそろ撮りますよー」

写真屋の声がかかった。泉は背筋を伸ばして、お腹をキュッとひっこめ胸をはった。もちろん顔はとびきりの笑顔である。

カシャ！

数日後、できあがった写真を見て泉は眉間に小さなしわを寄せた。期待したほどではなかったのだ。また、気になったのは校長のこと。もう定年間近の女性なのだが、かなり若々しくスリムに写っていた。

——もしワタシが中央に座る立場だったら、両ひざをしっかり閉じて、脚をまっすぐに降ろす。そして、かかとを上げ、つま先だけ地面につけようとするはず。そうすると長くて細い脚に写るから。

校長もそのワザを使っていた。

——でも、それだけでこれほどいい感じにはならないはず。確かに、上品なデザインの服を巧みに着こなしてはいるけど……。

泉はどうしても気になって仕方がなかったので、放課後におそるおそる校長室を訪ねた。

「あら、やっぱりわかった」

校長はさも感心したように眉を上げた。

「すみませんが、どんなワザを使ったか教えていただけませんか」

「いいわよ。特権を使ったのよ」

「特権……」

「みんなには内緒よ」

校長はそっと耳打ちをした。

「少しだけね、しわを消して色白に修正してもらったのよ」

「そうでしたか」

泉が一礼して出て行った後、校長がつぶやいた。

「泉先生は鋭いわね。でも、全ては話せないわ」

校長は手元の集合写真を見てニヤリとした。

——教職員全員、少し太めに修正させたことが一番の裏ワザなのよ。

月の砂漠で

予期せぬトラブルに見舞われて、僕の宇宙船は未知の星に不時着した。奇跡的なことだが、この星には空気があった。まだ運は残っていたようだ。パイロット仲間の噂によると、こんな星には人を食う異星人がいるらしい。十分に注意しないと……。

船は着陸時に大破してしまった。この星に近づいたところで、なぜか主要な機器が異常をきたしてしまったのだ。最新のコンピューターが搭載されていたというのに……。

まあ、そのことを嘆いても仕方ない。とにかく水と食料を確保せねば。

僕はあてもなく歩き始めた。だが、どこまで行っても砂漠以外は何もない星だった。生物の姿もどこにも見えない。雲のない空からオレンジ色の太陽が照りつける。強烈な陽射しに頭がくらくらする。全身から汗がじっとりと噴き出し、めらめらと蒸気となっていくのがわかった。

やがて夜になり月が出た。地球とは違った銀色の月だ。星はどこにも見えない。それにしても歩き続けてのどが渇いた。僕は暑さに水分を搾り取られ、頬が火照り心臓が高鳴っていた。ああ、このままここで干からびてゆくのか。

突然、風情のある声が聞こえてきた。砂漠の水売り？　目を凝らすと、地平線の彼方からその男は近づいてきた。

「水〜水いらんかね〜水〜」

水売りはかなり小柄な男だが、人間型の異星人だった。砂漠のせいだろうか、重心を低く落として歩いている。月明りだけなのでよく見えないが、顔つきは無表情だ。連れているラクダも、子どものころ動物園で見たのと同じ。違いは背中のコブが三つあることくらいだ。確かあのコブには水ではなく、栄養を脂肪にかえて蓄えているのだったな。

「さあ〜おひとつどうぞ〜」

水売りはペットボトルを渡してくれた。よく冷えている。命の恩人だ。でも、お金は……えっ、いらないって？　何て親切なのだ。それともこの星ではお金の概念がないのか？　どちらにしても助かった。

ゴクリ、ゴクリ、ゴクリ……。

ああ、この世で一番美味しいものは、砂漠で飲む冷えた水だ。

若いパイロットは感動に身体を震わせたが、その震えがだんだん激しさを増し、やがて意識が遠のいてきて……。


「ふふ」

パクッ、パクリ、パクリ、ゴクッ……。

倒れたパイロットを、ラクダが美味そうに平らげた。

銀色の月がそれを悲しげに見つめた。

「ご主人様〜少し先にも〜宇宙船が〜墜落してきました〜」

小柄なロボットが、売り声と同じ口調でラクダに告げた。

「ふふ、我々のサイバー攻撃は宇宙一なのだ。最新のコンピューターでもイチコロだからな」

舌なめずりをしたラクダは、家来のロボットを連れて歩き始めた。

月の砂漠を行くラクダ星人のコブは、いつのまにか四つに増えていた。

虎姫

居酒屋で三十路を過ぎたＯＬが酔いつぶれていた。

　メグミとマリの二人組だ。

「ワタシはマリみたいに酔ってなんかないわよ。もっともっと飲むわよ」

「じゃあ、メグミもそのボタンを押して注文しなさいよねぇ」

「もう押しているわよ。ワタシもマリのおそばを頼もうかな」

「メグミは犬そばにしなさいよねぇ」

「犬そばって」

「わんこそばのことよぉ。あははは」

「変なの。あらーっ、マリのおそばってつまようじだらけよ」

「んまあ、パパッと七味を振ったはずなのにぃ。あははは」

「ワタシもマリみたいに早く酔っぱらいたいわよ」

「だからぁ、そのボタンを押してぇ、どんどん注文しなさいよねぇ」

「ずっと押しているのに誰もこないのよ」

「もう、あたしがぁ、呼んだげるぅ。こらぁ店員！　おかわりよぉー」

気の弱そうなバイトの学生がビールを運んできた。二人は、目を吊《つ》り上げて学生にからみ始めた。

「ちょっとぉ、遅いわねぇ。これは何のためのボタンなのぉ」

「そうよ。だから男はダメなのよ」

学生は何ともいえない顔をしていた。

「何よぉ、謝りなさいよぉ」

「も、申し訳ありませんでした」

学生は頭を下げ厨房にもどってきた。

「がまんしろよ。お客様は神様だからな」

店長が寄ってきて声をかけた。

「男にフラれてヤケ酒の二人組です」

「だろうな。でも、なぜあんなに怒っていたのかね」

「それが、注文ボタンと思いこんで……」

「何を押したのかね」

「プッシュ式のしょうゆ差しです」

急な引越し

町はずれの小さな家でのこと、
夜ふけに夫が帰ってきた。

「今日は二つの物件を見てきたよ」

「おかえりなさい。それでどうだったの」

妻は冷蔵庫の近くにいた。

「一軒目は二階がリビングで、光があふれる空間だったよ」

「そうなの。一階は」

「ガラス壁で明るく開放的だったな」

「ふーん、二軒目のほうは」

「全体的に暗くて風通しが悪かったね」

「じゃあ、決定ね」

妻は子どもたちを呼び集めた。そして夫が説明を始めた。

「この家から引っ越すことにした」

「えー」

「心配するな。もっといい家を見つけたよ」

「やったー」

子どもたちの歓声が上がった。

「行き先は、今日見た三軒目の家だよ」

「うれしい！」

「あなた、善は急げよ。早く引っ越しましょうよ」

「そうだな。アレも気になるし、そうするか」

夫婦は、台所の隅に置かれた容器をちらっと見た。それには「スミズミまで効く！

ゴキブリ用」と記されていた。
冷蔵庫のモーターの音だけが聞こえていた。
もうすぐ、てかてかと脂ぎった一家の引っ越しが始まる。

太刀踊りの夜

「ヨッオイ！ヨッオイ！ヨッオイサー」

秋祭りにはいつも太刀踊りがある。赤鉢巻に赤タスキ、白鉢巻に白タスキの二人組が、真剣を持ち拍子木の音頭に合わせて踊る。

私も昔踊っていた。当時の青年は皆、義務として太刀踊りを習った。先輩からの厳しい指導に涙することもあったが、踊りを習得することで一人前として認められる慣わしなのだ。真剣を振って踊るため多少の刀傷は珍しくなかった。斬っても斬られても恨みっこなしの掟である。見物客は誰もが息を凝らして見守っていた。

「ヨッオイ！ヨッオイ！ヨッオイサー」

あの時、絢子も見物していた。私と絢子は恋仲だった。そのことを知っていたのは同い年の益男だけ。益男は偶然、私と絢子の逢引を目撃したのである。そんな益男と組んでの太刀踊り。私の気持ちは初めから乱れていた。

「下手だなあ。絢子が見ているのに。この果報者」

踊りの途中で益男が私をからかった。そういえば踊る直前のこと。益男と絢子がひそひそ話をしていた。二人とも硬い表情だったのはなぜだろう。私は思わず益男を睨みつけ、振り下ろす刀にも力が入った。すると突然、益男が本当に斬りつけてきた。私は左肩を抑えてうずくまった。多少の刀傷ではなかった。村の太刀踊りでは前代未聞のことである。ひょっとして益男も絢子のことを好きで、私を恨んでいたのだろうか。

その後、益男は赤紙一枚で招集され、帰らぬ人となってしまった。私は大怪我のため戦争に行けなくなり今に至っている。

「ヨッオイ！ヨッオイ！ヨッオイサー」

今、目の前では大人と一緒に小学生も踊っている。昔は青年だけの踊りだったが、後継者不足なのだろう。私はもう孫のいる歳になって久しい。しばらくぶりに故郷の村に帰り、秋祭りにやってきたのだ。境内には人があふれている。隣には妻の絢子もいた。小学生の刀は真剣ではないが、小さいながらもその意気ごみが伝わってくる。踊りが終わると、しばらくの間拍手が鳴り止まなかった。

祭りの締めは酒宴。私たち夫婦に杯が集中した。酔客の顔には、どれも深い皺《しわ》が刻まれている。遅くまで昔話に花が咲き、ふだんは飲まない絢子も珍しく飲んでいた。その帰り道のこと。秋風に神社の旗竿がギィーギィーと音をたてていた。絢子は、若い日を思い出しているかのような遠い目をしていた。

「益男さんのおかげで今があるのですね」

「……うん、そうかもしれない」

「あの時、無茶なお願いを聞いてくれて」

「無茶なお願い……」

「あら、酔った勢いで変なことを。何でもありませんよ」

「ヨッオイ！ヨッオイ！ヨッオイサー」

空耳だろうか。太刀踊りの合の手が聞こえてきた。

森の美術館

「絵本美術館にようこそ」

若い学芸員が芳美に声をかけた。

芳美は館内を巡り始めた。

――どの絵本も個性的で素晴らしいわ。

それらは傷心の芳美を励ましてくれた。

「あなたも絵本を作ってみませんか。館長の審査にパスすれば、ここに陳列させていただきます」

出口でまた、学芸員が声をかけた。その言葉で平凡なＯＬの芳美にスイッチが入った。

美術館から帰ると、芳美は絵本作りを始めた。終日そのことに没頭した。そのため失恋の痛手も癒されていった。

絵本を仕上げた芳美は、車で美術館に向かった。ひなびた集落を抜けるともう山と川しかない。九十九折の山道に入ると、舗装が途切れて地面から岩が飛び出していた。道幅の狭まる箇所もあり、片側の谷が急に深くなった。脇に茂った草がドアミラーを撫で続ける。

やっとのことで美術館に着いた芳美は、あの若い学芸員に絵本を手渡した。

審査の間、館内のカフェで待つことになった。ここは曲線と直線が美しく結ばれた部屋。壁や天井が呼吸をしていた。室内に居ながら光と風を感じる心地よさがあった。

――館長さんは認めてくれるかしら。

香りのいいコーヒーを飲みながら、芳美はドキドキしていた。

「おめでとうございます。あなたの絵本を当美術館に陳列させていただきます」

学芸員が笑顔で声をかけてきた。その後ろには年配の館長もいた。芳美は、ぱっと花が咲くように笑った。

帰りも、キツネやタヌキが出そうな山道だった。芳美は夢見心地で運転していた。

――次はいい恋をしたいな。あの学芸員さん、左手の薬指に指輪はなかったわ。

風が木々を揺らし、葉がざわめいた。小鳥はすでに鳴くのをやめていた。

どこからともなく、子守唄のような響きがしてきた。芳美はほどなく深い眠りの海へと沈んで……。

美術館では学芸員が館長に報告をしていた。

「芳美さんは、子どものころ木を植えてくれました」

「森のボランティアだったな。守ってやりたいような女の子だった」

「人が変われば森も変わる時代ですから」

「そうだ。でも、死相が出た人の運命は変えられない」

「はい、芳美さんは、失恋の痛手で自殺をするという運命です」

「悪い男にひっかかってしまった」

「はい、せめて最期は、苦しむことなく逝けるように」

「遺品の絵本も、長く大切に守らないとな」

そのころ、芳美の車は山道から外れ深い谷底へと……。

絵本美術館の扉がきしる音と、掛け金を閉める音が聞こえた。


数年後のこと。

あの学芸員が館長に報告を始めた。

「政志君の波長が乱れています」

「死相が……出たようだ」

「友だちの借金の保証人になったようです」

「いい人柄があだになったか」

「政志君は前に下草を刈ってくれました」

「森のボランティアだったたな。澄んだ目をした学生だった」

「では、そのお返しを」

「そうだな。ここに呼びなさい」

「はい、政志君にはどんな美術館を」

「彼の眠っている才能は……」

館長がその太い尻尾をゆらした。

「写真美術館にようこそ」

若い学芸員が政志に声をかけた。

政志は館内を……。

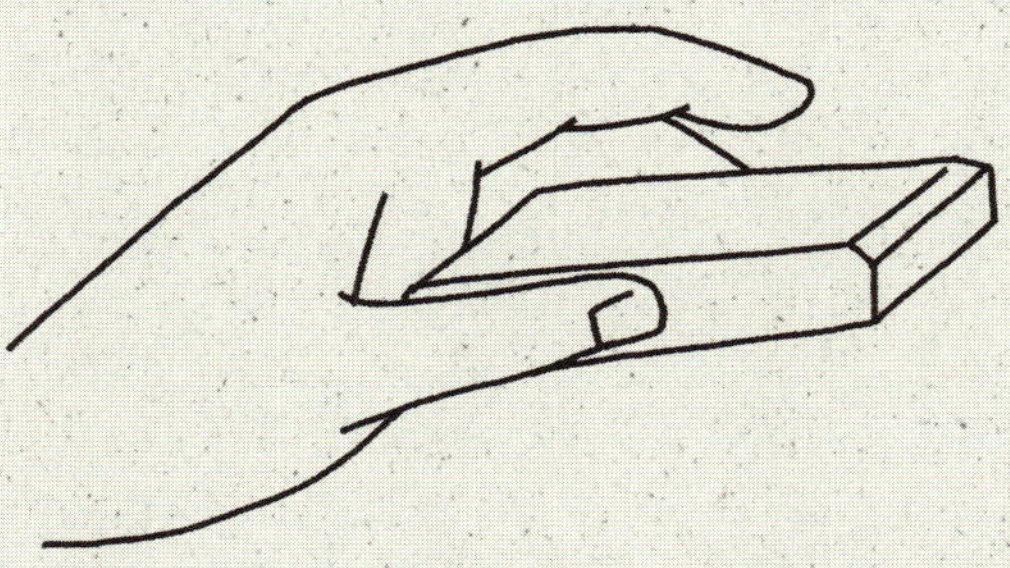

Ⅱ章　相合い傘

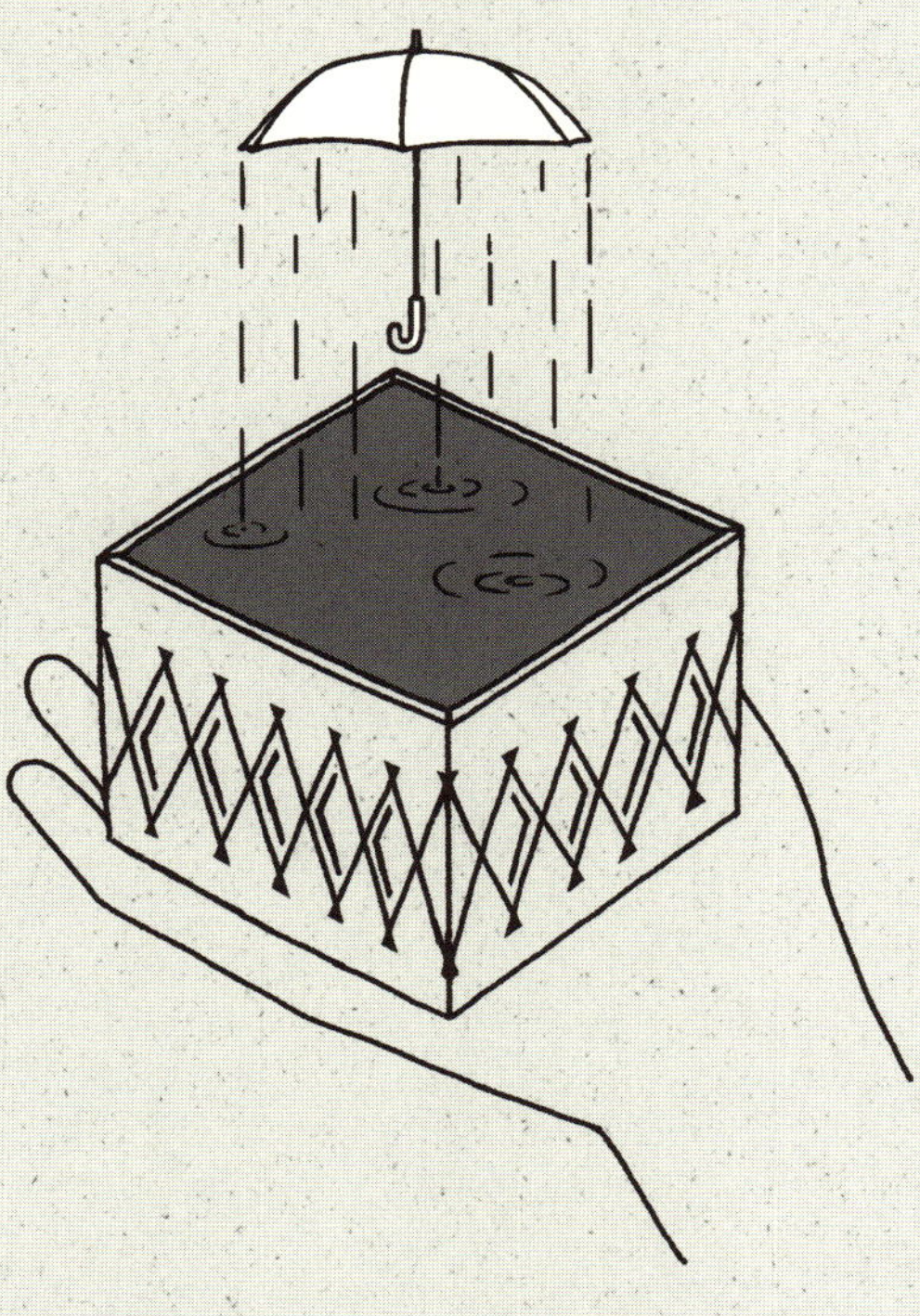

集中

——あっ！　先輩だ。
ゆきなの視線の先には拓人がいた。拓人は黙々と受験勉強をしていた。
——かっこいいなあ。背が高くてイケメンだし、いつも集中して勉強する姿もステキ。
ゆきなは、もうすぐ卒業する拓人にラブレターを渡す機会を狙っていた。
昼休みの図書室はお喋りする生徒もいて、町の図書館のような静寂さはなかった。
今日もそんな生徒が多くいる中、拓人の隣だけが空いていたのだ。
——ラッキー！

ゆきなは唾を呑むと、息を深く吸って胸の鼓動を沈めようとした。

——大丈夫。ワタシはお母さん譲りでカワイイし、最近はダイエットに励んでいるのよ。さっきも昼食を抜いちゃった。もう行くしかないわ。

ゆきなはゆっくりと拓人の横まで進み、蚊の鳴くような声で「この席いいですか」と、空いているイスをそっと引いた。

拓人は、全く無反応でノートに数式を書き続けていた。

——ムシなの。

隣に座ったもののゆきなは少し凹んだが、もう一度自分自身を励ました。

——大丈夫。先輩はワタシのことは知らないだろうし、今朝のテレビの恋占いもよかった。今からニコッと笑って、ラブレターを渡すのよ。

「勉強中ごめんなさい。あのう……」

拓人は相変わらずノートだけを見ていた。ゆきなはかなり凹んだが、勇気を出して言葉を続けた。

「これを読んで……」

少しうわずった声に、やっと拓人がゆきなのほうを見た。端正な顔立ちで、その目がキラキラと輝いている。ゆきなの心臓がドキリと高鳴り、ラブレターを持つ手が震えた。

グゥーゴロゴロゴロ……。

不意にゆきなのお腹の虫が鳴った。あろうことかの展開に、ゆきなの頬がかっと熱くなった。

——あーん、何でこんな大事な時に……。

ゆきなはあわてて席を立ち、ラブレターを手にしたまま図書室を後にした。

拓人は、きょとんとした目でその姿を追っていた。

——今の子は一年生だろうか。目が合うと出て行ってしまった。なぜ……。

キーンコーンカーンコーン……。

五時限目の始業を告げるチャイムが鳴った。

——あんなカワイイ子が彼女だったらいいな。でも、今は受験に集中しないと。

生徒たちが次々に席を離れ始めた。それを見た拓人も席を立ち教室に向かった。

——そうだ。また忘れるところだった。

廊下で立ち止まった拓人は、集中するために付けていた耳栓を外した。

相合い傘

三十年ぶりにこの町にやってきた。

休日の急な出張のためだが、サラリーマンなので文句は言えない。幸いにも仕事が早く片付いたので、ふらりと下宿していた場所に足が向いた。駅から歩いて五分。かつての下宿は……昔の民家ではなかった。コンビニに変わっていたのだ。大手ではないローカルな店である。入り口には「感謝セール中」という手書きの貼紙があった。とりあえず中に入りコーヒーを注文した。

「お客様、すみません。コーヒーはセール対象外です。千円からお預かりします」

女学生くらいの店員がていねいな対応をしてくれた。当時の妙子もこのくらいの年頃だった。店を出ると目の前は公園だ。ここは昔と変わっていない。私は公園のベンチに座り、コーヒーをすすりながら遠い日のことを思い出した。それは妙子とのほろ苦い出来事で……。

大学生だった私はバイトで家庭教師をしていた。教え子は下宿の娘で、小川妙子という中学三年生である。妙子は熱心に勉強をしたので成績が上がり、大家さんも喜んだ。志望校にも合格して、私も就職が決まった春の日のこと。このベンチで、妙子から告白をされたのだ。

「先生のお嫁さんになりたい」

妙子は真剣だった。その気持ちは、勉強を教えていたときから感じていた。だから順調に成績が伸びたともいえる。

「妙子ちゃん、でもね……」

「……迷惑ですよね。先生、ごめんなさい」

妙子は下を向いた。私にとっては可愛い教え子だが、中学生を恋愛対象にすることはできなかった。

「驚き桃の木山椒の木だよ」

私はおどけたポーズをとり、ベンチの下にもぐった。何とか空気を変えたかったのだ。ところが妙子も同じことをした。私の横に寝そべる形になったのである。二人はベンチの下で肩がぴったりくっついていた。これはまずい。私は、とっさに持っていたペンでベンチの裏に相合い傘を描いた。そして右に「小川妙子」、左に私の名前「山根淳」と。

「妙子ちゃんが大人になればこうなるかもね。今はちょっと……」

妙子はさっと私から離れた。細かなことはよく思い出せないが、別れ際のこと。

「山根先生、ワタシ、ステキな大人になれるかな?」

妙子が大粒の涙を流した。返答に詰まった私は、黙ったままの情けない先生だった。そのことで、妙子をもっと傷つけたかもしれない。この町に久しく足が向かなかったのは、つまりはそういうわけで……。

あの時の相合い傘はもう消えているだろうな。私は上着を脱ぎ、ベンチの下にもぐってみた。暗い曇り空のせいか、ベンチの裏はよく見えなかった。パラパラと小雨まで降ってきた。私はスマホを取り出してライトをつけてみた。予想に反して相合い傘がうっすらと残っていた。驚くと同時に、あのときの妙子の泣き顔が目にうかんだ。

ベンチの下からはい出して、ズボンの汚れをはたいていると、雨が本降りになってきた。

私は急いでコンビニにもどり、軒先で雨宿りをすることにした。するとさっきの店員が出てきて、少しためらいがちに言った。

「この傘を……」

店員はどことなく妙子に似ていた。まさか……。

「ベンチの下に入るのが見えたので」

この娘は相合い傘のことを知っているのか？　ひょっとして妙子の娘？　妙子は娘に初恋の思い出を語っていたのか？

「すみません。店長がぜひにと」

娘が深々と頭を下げた。店長って、もしかしてそれは妙子……。

雨はまだ降り続いていた。

目の前の娘はずっと謙虚な物言いで、その立ち居振る舞いもきちんとしていた。

こんな娘を育てた妙子は、きっとステキな大人の女性になったのだろう。

「君、声をかけてくれてありがとう」

娘が笑顔で傘を開き、そっとさしかけてくれた。

三十年の時を隔てて、私は妙子の娘と相合い傘。

年甲斐もなく、私の胸はキュンとした。

「君、妙子さんのことだけど……」

「はあ?」

「い、いや。お母さんのことで……」

「はい、本日は母の日感謝セールです。傘はお得な三百九十円です」

「えっ?」

「お買い上げありがとうございました」

肝だめし

「例の計画は進んでいるかね」

職員室で赤ら顔の校長が教頭に話しかけた。

「開校十周年記念お楽しみイベントのことですね」

「そうだ、学校を丸ごとお化け屋敷にするらしいな」

「はい、スペシャルな肝だめしを準備しています。本校としては前代未聞のレベルです」

「具体的には」

実直そうな教頭が、待ってましたとばかり話し始めた。

「ここは夜の職員室。プルルルルと、電話が鳴ります。受話器をとると『キャー助けて！　理科室にきて！』という女生徒の叫び声がして切れます」

身振り手振りをまじえながら、教頭は熱く語り続けた。

「職員室を出て薄暗い廊下を歩いていくと、生暖かい風が吹いてきて、窓のカーテンがふわりと動きます。ぽつりぽつりと冷たい雫が垂れ、見上げると天井には赤い手形がいっぱいついています。ガタッと、壁にかかる丸時計が斜めにずれ、その針が逆回転を始めます。無人のはずの図書室からはパラパラパラと、ページをめくる音、音楽室からは物悲しいピアノの調べ、トイレからは『理科室までついて行くよ』という老婆の声が聞こえてきます。廊下の角を曲がると、どの窓ガラスも蜘蛛の巣だらけで、ライトアップされた中庭の池は真っ赤。雷の音が聞こえると、赤い水が渦を巻き、青白い乱れ髪の女が浮かび上がってきます。女は体を一切動かさず、その首から上だけをぐるりと回します。『やっと追いついたよ』という声に振り向くと、白髪を逆立てた白装束の老婆が迫ってきます。その唇からは真っ赤な牙が……その時『早く助けて！』という女生徒の声がして、いよいよ理科室の戸を開けると、人体解剖模型が行く手を塞ぎます。それを振り払うと、目の前にはうなだれた女生徒が座っています。不意にカタカタカタと、歯の模型が動き出してピカピカッと、眼球模型が点滅します。『遅かったわね』と、頭を上げた女生徒の髪がぱらりと分かれ、覗いた顔には黒眼がなく、首の骨が透けて見えている……」

「うーん、気の弱い子は倒れてしまうぞ」

「そこで今晩、丸秘でリハーサルをすることにしました」

「なるほど。で、誰が」

「生徒会長の隆浩君です」

「うん、隆浩なら大丈夫だろう。今晩はよろしく頼むよ」


そして、翌朝のこと。

校長が教頭の肩をポンと叩いた。

「肝だめしはうまくいったかね」

「それが……」

「まさか、隆浩がケガでも」

「いえ、あの子はしっかり者ですから」

「じゃあ、理科室までたどりついたのかね」

「それが……」

教頭は、困ったように鼻のわきを指でさすった。

「女生徒からの電話が切れると、すぐ警察に通報してしまいまして……」

春なのに

秋晴れの日曜日のこと。

研一と萌はチューリップの球根を植えた。場所は、萌のアパートの小さな庭だ。

「春になったら管理人さんがびっくりだね」

二人は顔を見合わせて笑ったが、その年の暮れのこと。若さゆえの些細なことが原因で、二人は別れてしまった。毎日だったメールの交換もなくなり、研一は荒れた日々を過ごすようになった。その結果、交通事故を起こしてしまって……。

意識がもどった研一は病院のベッドにいた。

「研一、母さんよ。わかる」

つきそっていた母親が話しかけた。研一は頭の手術をうけ、長いこと意識がなかったのだ。その時、研一のスマホの着信音がした。母親が大切に預かっていたものだ。

「あら、メールがきたみたいね」

——ボクにくるメールは萌だけだ。

研一は手足の感覚がなく身体を動かせない状態だったが、何とか目を開けた。

「あっ、研一！」

——メールの着信音に反応したのね。

「開けてみますよ」

母親がメールを開き研一に見せた。『チューリップの季節になりましたね』という書き出しだった。

——もう春なのか。

研一は、喉に管を通されていて声が出せなかった。

——そうだ！　あの球根が花を咲かせたのか。萌がそれを知らせてくれたんだ。

研一は「やったー」と、心で叫んだ。あの頃の幸せだった日々の記憶が、闇に散る花火のように弾けたのだ。研一の目からは涙があふれてきた。

母親も喜んだが、それもつかの間のこと。研一は大きなショックを受けて意識を失い、ついには帰らぬ人となってしまった

通夜の席で親戚の一人が母親に話しかけた。

「少しは意識がもどっていたらしいわね」

「はい、メールを見せてあげると、涙を流して喜んでいました」

「そうだったの。で、どんなメール」

「チューリップの季節になりましたね……」

「ガールフレンドからだったの」

「当店にも、色とりどりの新機種が並んでいます」

「何だ、スマホの宣伝なのね。そんなことで泣いて喜ぶなんて」

親戚は言葉に詰まり、うつむいて涙をぬぐった。母親もハンカチで嗚咽を押さえた。

「……かわいそうに、頭をかなりやられていたようです」

なりすまし

月が変わり梅から桜の季節になった。

今日は、新入社員の門出の日でもある。幸男は、初出勤の期待と不安を胸に電車に乗りこんだ。シートに座ると、ほぼ同時にスマホが震えた。

――えっ！「母より」って……初めてだよ。ボクのメアドは……弟に聞いたのかな？

『今朝のドッグフードは美味しかったワン！　家族はタイの尾頭つきだワン！　幸男のお祝いなのだワン！　初仕事がんばれ！　ワン！　ワン！』

――何だよ、愛犬のタロウになりすましている。普通に「初仕事がんばれ！」でいいのに。やっぱりあのことが……。

幸男は、里美を実家に連れて行った日のことを思い出した。予想に反して、つき合っている里美の評判が悪かったのだ。それで親子喧嘩となり、お互い連絡を絶っていたのである。

――ボクらはナイショで同棲していたし、親としては驚いたのだろう。だから素直になれずにタロウになりすましてメールを……。

幸男は返信を送った。

『この間はゴメン。里美は欠点もあるけど、ボク好みの美人だから』

すぐにメールが返ってきた。

『欠点とは？　ワン！　ワン！』

幸男は少し考えながらメールをうった。

『料理が下手、掃除が苦手、プライドが高い、浪費家、人づきあいが悪いことかな』

二駅が過ぎたころ、またスマホが震えた。

――えっ！　今度はばあちゃんからだ。

『はつめえるよおうえんしてるからね』

――ばあちゃんはなりすましではないけど、全部ひらがなで句読点もなしか……。

幸男はまた、返信した。

『ありがとう。里美のことで心配をかけてゴメン』

もうあと一駅というところで、スマホが震えた。今度もばあちゃんからである。

『わたしはいいこたとおもうよ』

――濁点もなしか。うつのに時間がかかったのだろう。やっぱり家族はありがたいな。母さんと同じメールをしておこう。

『里美は料理が下手、掃除が苦手、プライドが高い、浪費家、人づきあいが悪いという欠点もあるけど、ボク好みの美人なんだ』


初出勤を無事にこなした幸男は、里美の待つアパートに帰ってきた。

「ただいま」の言葉に「お帰り」の声はなく、仁王立ちの里美が幸男をにらんだ。

――本気で怒っている。美人が怒るとホントに怖い。でも、なぜ?

「ワタシは料理が下手、掃除が苦手、プライドが高い、浪費家、人づきあいが悪い女なのね」

「そ、それって……」

——朝のメールは、里美だったのか。

「なりすまして、嘘のメールを送るなんて」

「あら、今日だけは許されるのよ」

里美は勝ち誇った表情で、壁の日めくりカレンダーを指差した。

日めくりは、四月一日だった。

似顔絵名人

非道な強盗殺人事件だった。

資産家の家に何者かが侵入し、家人を殺害して、多額の現金とダイヤを盗んだのである。

当初、手がかりがなく捜査は難航するものと思われたが、目撃者が名乗り出てきた。それは近所の女子大生だった。犯人が塀から飛び降りたところに、たまたま出くわしたのだ。

「犯人の顔を見ました。ワタシは似顔絵が得意で、テレビにも出たことがありまして……」

女子大生の話によると、自分は写真のようなリアルな似顔絵を描くことができる。テレビに呼ばれたときは、女優をモデルに描いた。そのあまりの出来栄えに感激した女優が、絵を高く買い取ってくれたというエピソードを語った。テレビ局に問い合わせると、間違いのない事実だった。そこで、女子大生が描いた似顔絵をもとに、捜査が進められることになった。それは珍しいことなので、マスコミでも報道されて……。

薄暗いカフェに静かなジャズが流れていた。

奥のボックス席で、髪が半白の男が、あの女子大生に封筒を渡した。

「あんたのおかげで助かったぜ」

がさついた低い声だ。

「これからの口止め料も込みなのね」

女子大生が耳にかけた黒髪をかき上げた。

「俺の似顔絵だと言って、似ても似つかぬ若い男を描いてくれたわけか」

「あの時、あなたがダイヤをくれたからよ。それに、警察をごまかしたら、さらにお礼をはずむと言ったでしょう」

「あんたもなかなかの女だな。しかし、似顔絵名人だとは知らなかったぜ」

「うふふ、この特技で、女優さんから大金をいただいたこともあるのよ」

「ほう、その話も聞きたいところだが、長居は禁物だ。もう会うこともないだろう。じゃあな」

犯人はそそくさと席を立ち、急ぎ足で入り口に向かった。

「な、何だ」

店を出ようとした犯人の両脇を、張り込んでいた私服の警官がガッチリと挟んだ。

「署までご同行願えますか」


そのころ店内では、若い警官が女子大生に頭を下げていた。

「このたびはご協力をいただき、誠にありがとうございました」

「いいえ、初めから犯人の似顔絵が描ければ、話は早かったのですけど」

「いや、ちらっと見たくらいでは、あれだけの絵は描けないでしょう」

「はい、ワタシは、いつもじっくりとモデルさんを見て描いていますから」

「ですよね。僕もあなたにじっくりと見つめられました」

そう言って照れたように笑う若い警官は、あの似顔絵と瓜二つだった。

同窓会

ここは老舗の落ち着いた品のいい店。

同窓会の幹事が恩師に声をかけた。

「そろそろお開きにします。川上先生、最後によろしくお願いします」

皆が姿勢を正して川上のほうを見た。

「なつかしい顔がそろい本当に楽しい会でした。実は今日、私の宝物を持ってきました」

川上は古びた眼鏡ケースを手にしていた。

「三十年前の謝恩会でいただいたものです。三十年の間には蝶番《ちょうつがい》を交換したりもしましたが、このとおり今でも毎日愛用しています。中には小さな鏡がついています。不思議なことですが、これを開けたとき、鏡に君たちの顔が映ることがあります。小学生の君たちは小さくて、かわいくて、皆がとびきりの笑顔で……」

川上は、黒縁の眼鏡を外して目頭を押さえた。

「今日はこの会に招待してくれて、本当にありがとう。立派に成長した君たちの益々の活躍を祈っています」

教え子たちは皆、感動していた。

「先生のお話に胸が熱くなりました。三十年も前のことなので、私は眼鏡ケースのことを覚えていませんが、たぶん親がお金を集めて贈ったのではないでしょうか。それを今でも宝物として愛用してくださっていることに、何か大切なことを教えていただいたように思います。川上先生、本日は誠にありがとうございました」

幹事が深々と頭を下げ、同窓会は終わった。

川上の帰りを妻が迎えた。

「おかえりなさい。来週も別の同窓会があるのですね」

「うん、毎年六年生を担任していたからね」

川上はネクタイを外し、ソファに身を沈めた。

「いろんな思い出があることでしょうね」

妻は目元を細めて微笑んだ。

「うん、そうだね」

——でも、感動的な思い出なんてそうあるものではないからね。

何となくつまらなそうな顔をした川上は、書斎に移動して机の引出しを開けた。

その中は、止ったままの腕時計や傷だらけの万年筆などで雑然としていた。

——最後は、小道具でも使っていい話をしてやらないと。

川上は、あの眼鏡ケースを引出しにぽいと投げ入れた。

とっさの一言

ボクは、とっさの一言が苦手だ。

一昨日も、怪しげな宗教の勧誘員に居座られて困ってしまった。後で父に話すと「ゲホッ、ゲホッ、家族が皆インフルエンザなので、ゲホッ、ゲホッ、お帰りください」と言ってドアを閉めればいい、とのこと。なるほど。

昨日は、歯医者の帰りに外国人のキャッチに囲まれてしまった。危うく高額の英会話教材を買わされるところだった。帰って母に話すと「もう他社の教材を買いました。ソーリー」と言えばよい、とのことだった。嘘も方便か……やはり大人は違うな。

ボクは浪人の身で、ずっと部屋にこもりがちだ。とっさの一言がますます苦手になっている。これは大きなコンプレックスだ。

ピコピコと、スマホから電子音が聞こえた。ああ、今日も歯医者に行かないと。ボクは、おんぼろのチャリに乗り歯医者へ向かった。このチャリもボクのようなヘタレだ。新車がほしいけど、合格しないと言い出しにくいよな。ボクは、ノロノロ運転でチャリをこぎ続けた。

歯医者は高台にあるので、長くて急な上り坂がキツイ。ボクはチャリを押して歩いた。あーあ、宅浪なので体力も落ちている。それだけが取り柄だったのに……。

歯医者に着き待合室のシートに座っていると、幼い子連れの母親が入ってきた。どうやら目が不自由な方のようだ。するとその子は母親にスリッパを履かせ、手を引いてボクの右隣に座らせた。その子は立ったままだ。ボクの左に座っていたおばあちゃんが、そのことをほめると、

「ありがとうございます。私にはすぎた子です」

そうか、こういう謙虚な親なのでいい子が育つのだろうな。

二人はボクを挟んで話し続けた。

「あなたは偉いわ。不自由な身体なのに」

「いえ、私は仕事もせず、ずっと家にいますから」

「とんでもない。子どもを産んできちんと育てる。それは素晴しいお仕事よ」

おばあちゃんの一言もいいな。若いボクとしては、けなげに立っている子に席を譲るべきかもしれない。でも、その一言が言えなくて……。

治療が終わり駐輪場まで出てくると、何とボクのチャリを盗もうとするヤツがいた。金髪でガラの悪そうな不良だ。カギをしていなかったボクも悪いが、盗むヤツはもっと悪い。不良は素早くサドルにまたがって走り出した。

ヤバイ！　ヤバイ！　ヤバイ！

大ピンチなのだけど、やっぱりとっさの一言が出なかった。不良は大声で叫びながら、長くて急な坂道を下ってゆく。

それを見送ったボクは、やっとのことでつぶやいた。

「ブレーキが壊れているよ」

百倍占い

ワイドショーの占いコーナーが評判になっていた。

ふだんはよくある星座や血液型占いだったが、注目を集めたのは、月一で出演するミスターデビルの「百倍占い」の回である。

初回の五月には「今日はてんびん座のA型。四十二歳の男性はいつもの百倍の確率で、宝くじが当たるでしょう」。翌六月には「今日はうお座のB型。三十三歳の女性はいつもの百倍の確率で、宝くじが当たるでしょう」という占いが放送された。

その後、ある雑誌が追跡調査を行ったところ、占いが的中しているという結果が出たのである。そして七月には「今日はかに座のO型。六十一歳の人はいつもの百倍の確率で……」

この時点で、条件にあてはまる人々は宝くじ売り場に殺到した。その七月も、占いの正しさを裏づけるデータが出た。このことはあっという間に全国に広まった。

そして迎えた八月の放送日。高校生の速男は、朝からテレビにかじりついていた。

やがてミスターデビルが登場し、いつもの説得力のある口調で話し始めた。

「今月は全ての星座、全ての血液型」

——おお！

「全ての学生さんはいつもの百倍の確率で」

——やったー！

陸上部の速男は、見事なスタートダッシュで家をとび出すと、全力疾走で宝くじ売り場を目指した。夏休み中ということもあり、全国津々浦々の小学生、中学生、高校生、大学生たちも同様だった。

それを見透かしたかのように、ミスターデビルは一息ついてから告げた。

「……車に当たるでしょう。皆さん、交通事故にはご注意を」

豪腕の不安

球春を告げるキャンプが始まった。

今年はドラフト一位の山岡恭生にファンの注目が集まっていた。山岡は東京六大学野球の剛腕投手。身長二メートル、体重が百キロをこえる大型左腕で、百六十キロ台の豪速球を武器にしていた。その素質は誰もが認める逸材ではあったが、酒豪でもあり酒にまつわる数々の武勇伝があった。その点を投手コーチは心配していたが、球団は即戦力のルーキーとして大きな期待をしていたのである。

山岡がブルペンに入ると、スピードガンを手にした取材陣がどっと集まってきた。

山岡は上半身に大汗をかきながら、早くも全力投球を始めた。それを見つめる投手コーチが眉をしかめた。

キャンプ二日目のこと。

朝からコーチが山岡のチェックをしていた。

「山岡、昨日は驚いたぞ。測るといきなり百六十をこえていたからな」

「いつもこんなもんでしょう」

「いつも……」

「今日はどうですか」

コーチの測定器は百七十をこえていた。

「……コントロールが不十分だ」

「今日は朝飯抜きですけどね」

コーチは、言葉を呑《の》みこんだ。

そして三日目のこと。

「山岡、今日も朝食抜きなのか」

「はい、夕べ飲みすぎまして」

山岡はよほど喉が渇くのか、手にしたペットボトルの水を一気に飲みほした。

コーチは、顔色を変えて監督の元へ走った。

「山岡はすごい数値です」

「本当に三百をこえたのか。ふつうはその半分以下だろう」

「そうです。山岡は自分をコントロールできないやつです」

監督は苦虫を噛み潰したような顔でつぶやいた。

「空腹時血糖値がこれでは、間違いなく糖尿病だな」

鈴木クンと佐藤クン

「スズキは……」

その声に香織は箸をとめた。オフィス街のカフェで、偶然居合わせた上司二人が話をしていた。上司は席を区切る衝立の向こう側にいて、香織には気づいていない。

「スズキは有望株だね」

新入社員の香織は初出勤の日、鈴木からデートに誘われていた。鈴木は背が高くてイケメンの青年。香織は内心うれしかったのだが、軽く見られたくなかったので、その時はやんわりと断わった。鈴木はプライドが高いようで、もう香織には声をかけてはこなかったのである。

香織は最近、別の課の佐藤という青年とつき合っていた。鈴木のようなイケメンではないが、とても誠実で面白い趣味を持っていた。香織は昨日、佐藤の家に行ったことを思い出していた。

佐藤は鳥の巣を固める作業を見せてくれた。ボンドとニスを混ぜた液を筆につけて、ていねいに塗り固めていくのである。部屋にはたくさんの鳥の巣が飾られていた。固められた鳥の巣はどれも芸術作品のようだった。

「同じメジロでも性格や環境の違いで、巣の形や大きさが違ってくるんだ」

「へぇー、材料は何なの」

「枯葉、根、コケなどの軽い植物が多いね」

「鳥さんは全部自分で作るのね」

「うん、ボクも器用なほうだけど、一人で家を建てるのは無理だね」

「アハハ、そうね」

……。

香織は食事を終え、席を立とうとした。上司の話はまだ続いていた。

「ところでスズキは彼女ができたらしいね」

「うん、仕事も張り切ってやっているよ」

――そうなんだ。もうワタシに声をかけることもないのね。

「それにしてもサトウは女好きだな」

「うん、また別の課の子と問題を……」

ハッとした香織は、透視でもするように衝立のほうを見た。

――佐藤クン、今日は忙しいからランチはムリって言ってたけど、ひょっとして別の課の彼女と……。

香織はさらに聞耳を立てた。

「若い女性とみると、すぐ甘い言葉で誘うからサトウ（砂糖）なんて言われるんだ」

「全くだ。本名は鈴木なのにね。見た目はイケメンなんだが」

――イケメンの鈴木クンのあだ名が佐藤（砂糖）……。

「反対にスズキというあだ名も面白いね」「うん、鳥の『巣好き』からきているからね」。

――鳥の巣好き……。

「本名は佐藤君だ。話はもどるけど、『巣好き』の佐藤君は本当に有望株だよ」

香織の顔がパッと明るくなった。

タイプの男

繁は初めて妻の栞を殴った。

栞が、男とのツーショットの写真を、スマホの待受け画面にしていたのが原因だ。

――栞は、男ならちょっかいを出したくなるようないい女だからな。

それが繁の自慢だったが、やはり見知らぬ男とのツーショットは面白くない。

――栞は誰にでも愛嬌を振りまく。だからたいていの男は勘違いするのかもしれない。

栞はそれなりにつじつまの合う説明をした。だが、頭に血がのぼった繁には言い訳にしか聞こえなかった。おまけに、ヒデという男と頻繁にメールをしていることもわかったのである。

栞は涙目で実家に帰っていった。

その翌日、栞から電話がかかってきた。「写真は同窓会のとき、酔ったノリで撮ったもの。ヒデというのは女友達のあだ名で、男ではない」と、栞はくり返した。この説明は昨日からブレてはいない。いつもの甘えたような声で弁明する栞に、繁もそうなのでは、いや、そうであってほしいという気持ちが強くなり、許すことにした。

——俺も暴力はよくなかった。それに帰りも午前様だったし、出張で家を空けることも多かった。たまに家にいても、恋人のときのようないい緊張感を失っていた。

ツーショットの男は、俺と体つきは似ているが、それ以外は全く違うタイプだ。清潔感のある髪型だし、髭も生やしていない。服もスーツで決めていた。同窓会で、栞があの男とだけ写真を撮ったのは、きっとタイプの男なのだろう。

反省した繁は、仕事を早めに切り上げて髪を切りに出かけた。茶髪を黒髪にもどし、短くカットしたのだ。伸ばしていた髭もしばらくぶりに剃った。

家にもどった繁は、いつものジャージに着替えることもなく、スーツ姿のままでソファーに座りこんだ。

――もうすぐ栞が帰ってくるはずだ。

繁は、観葉植物の向こうにある時計をチラッと見た。

――玄関で、おかえりと言って抱きしめようか。でも、まだ怒りは残っている。はて、どうしたものか……。

ピンポーン！

栞が帰ってきた。鍵を回しドアが開く音。すぐに聞き間違えるはずのない足音がして、リビングの戸が開いた。

栞の足がそこで止まった。

午後の日は傾き、薄暗くなったリビングで、繁は栞に背を向けて立っていた。

――栞は、すねた顔で後ろから抱きついてくるだろう。そうしたら振り向いて抱きしめてやろう。

「ど、どうしたの？」

――よし、俺のイメチェンにも気づいたな。

繁は会心の笑みを浮かべた。

「ヒデ……」

——えっ？

栞は立ちつくしたまま、その艶っぽい声を震わせた。

「もう……今日は家にきたらダメって言ったでしょう」

こいホット

「こいホット」は表通りから少し入った小道の奥にあった。

一階が車庫で、その上にあるカフェである。マスターによると、店の名前は「濃いホット」と「恋ホット」をかけているとのこと。「恋の魔法がかかる店」として学生街の人気スポットだった。

常連の孝と彩は、いつも奥の窓際に座っていた。

――大学生の頃、僕は一番輝いていたかも。

孝は久しぶりにこいホットを訪れた。粉雪が舞う寒い日のことである。

最近、孝はバイクで事故を起こしてしまい、仕事を失っていた。その顔には大きな痣が残っていたのだ。

「おや、なつかしい男前が……大丈夫かい」

口髭をたくわえたマスターが目を丸くした。

「いろいろ迷っていまして」

孝は奥の窓際に座り近況報告を始めた。ふつうなら眉をひそめるような内容だが、マスターはうんうんとうなずいて聞いていた。

話の途中、マスターは用事があるからと何度か席を外した。孝はその度に店番を任された。

——心地よいジャズが流れているし、革が破れかけた椅子もあの頃と同じだ。

孝は、深煎りのコーヒーをゆっくりと味わった。

——酸味が少ない濃いホットも変わってない。でも、彩との恋ホットのほうは……。

店はヒマで、客はずっと孝だけだった。

帰り際、マスターは孝に封筒を渡した。

「前に彩さんが寄せ書きノートに書いたものだ。そのコピーが入っているよ」

孝は当時、彩が何やらノートに書いていたことを思い出した。

――僕はその時、バイクの雑誌ばかり読んでいたな。

孝はマスターに礼を言って店を出た。

車庫だった一階は花屋に変わっていて、甘い香りを放っていた。手書きの「かりん」という看板がかかっている。外はまだ粉雪が舞っていた。

――この雪は積もらないけど、僕の心には雪が積もりっぱなしだ。

孝は、彩が結婚したという風の便りを思い出していた。

――恋の魔法はいつか解けるのか。

冷たい北風が、湿った地面の上から枯葉を巻き上げた。

帰りの電車の中で、孝は封筒を開けた。

中のコピー用紙から、なつかしい文字が目にとびこんできた。

『いつもわがままでごめんなさい。でも、孝がそばにいてくれるとすごく安心する。孝がくれたリンゴ、とても美味しかった。だからその種を庭にまいてみたの。また、孝のバイクで海を見にいきたいな。いつか……。』

孝の胸に熱いものがこみあげてきた。

——彩はいつもスカートの裾を翻して、僕の胸に飛びこんできた……。

若さゆえいろいろあって二人は別れた。今となっては、いい思い出だけが次々に浮かんできたのである。

——今は最悪だけど、またいいこともあるだろう。

孝は田舎に帰り、人生をやり直すことに決めた。コピーの言葉が、迷っていた孝の背中を押したのだ。

——田舎はもう雪化粧だろうか。

そして、三度の冬を越した。

孝は上京し、こいホットに足を運んだ。表通りの町並みは同じだったが、一階の花屋が元の車庫にもどっていた。

「おや、なつかしい男前がきてくれたぞ。痣もきれいに治っているね」

マスターの髭には白いものがまじっていた。

「仕事にもようやく慣れました」

孝は名刺を渡して、近況報告を始めた。前と違って明るい話題が多い。笑顔で聞いていたマスターがおもむろに口を開いた。

「実は、彩さんが下で花屋をしていてね」

結婚した彩は一階で花屋「かりん」を始めたが、悪い病にかかり亡くなったという話だった。孝が店を訪ねた時、彩は下の花屋にいたのである。

「なぜ教えてくれなかったのですか」

「それがねぇ……」

あの時、マスターは何度も一階へ行き聞いてみたのだが、「今は会わないほうがいい」と、彩がくり返したとのこと。

——それであのコピーを僕にくれたのか。

「いつもわがままでごめんなさい。でも、孝がそばにいてくれるとすごく安心する。孝がくれたリンゴ、とても美味しかった。だからその種を庭にまいてみたの。また、孝のバイクで海を見にいきたいな。いつか……」

孝はコピーの言葉を全てマスターに伝えた。

マスターは目を閉じ、じっと聞き入っていた。

孝が田舎に帰ってから数日後のこと。

マスターから便りが届いた。

『先日は久しぶりの来店、どうもありがとう。君の故郷での活躍の話、とてもうれしく聞かせてもらいました。

さて、あのコピーのことですが、実は彩さんが学生時代に書いたものではありません。君が店にきた時、彩さんは君の姿を見ていました。顔の痣のことをとても心配していたのです。

彩さんは私に「今は会わないほうがいい」と言った後、紙にあの言葉を書きました。そしてコピーをとり私に託したのです。

彩さんから「くれぐれも昔の寄せ書きノートのコピーだと言ってください」と、念を押されました。

私の知る限り、彩さんは幸せな結婚生活ではなかったようです。君がきた時、どんなにか会いたかったことでしょう。でも、ご主人のある身ですから。

彩さんが店名にした「かりん」の花言葉を知っていますか。それは「唯一の恋」なのです。

私は君が教えてくれたコピーの言葉を聞き、はっとしました。特に、最後の言葉です。彩さんはきっと自分の病状を知っていたのでしょう。やはりこのことは君に伝えておこうと思い筆を執りました。

そちらはまだ雪が残っていますか。また、男前に会える日を楽しみに待っています』

地面の雪がとけ、ぬかるんだ土の匂いがしていた。

庭に咲く小さな野の花がゆれている。

――あの日こいホットに行ったのは、僕も彩との再会を期待して……。

開け放した窓から入ってきた春の風が、壁のカレンダーを揺らした。雲が多くはっきりしない天気だったが、今は陽がさしている。

「いつもわがままでごめんなさい。でも、孝がそばにいてくれるとすごく安心する」

孝は、コピーの言葉をつぶやき始めた。

「孝がくれたリンゴ、とても美味しかった。だからその種を庭にまいてみたの。また、孝のバイクで海を見にいきたいな」

そして、最後の言葉。

「いつか天国に行っても、こいホットで孝とお茶したいな」

Ⅲ章　真夜中のタクシー

形見の品

花冷えのする日曜日のこと。

綾と正は、ジェットコースターの長い行列にいた。ラブラブの若い二人は寒い中でも平気だったが、綾のほうはすぐ前に並ぶ男を気にしていた。手袋をして、小さな野球帽を持った中年の男だ。

綾は生まれつき霊感が強い娘。この男の近くに霊の気配を感じていたのだ。綾はためらいながらも男に声をかけた。

「あのう、お子さんは列の前のほうですか」

「いや、私一人だけど」

「でも、その野球帽は」

「これは……」

高田と名乗った男によると『一人息子の悟を交通事故で亡くしてしまった。生きていれば一年生。入学すればここに連れてくる約束をしていたので、今日は形見の帽子を持ってやってきた』とのことだった。

綾と正は高田を応援したくなった。

「一年生ならこれはまだムリ。身長制限のないのもあるから、そこに行きましょうよ」

綾は高田の腕をとり歩き出した。

「天国の悟クンもきっと喜ぶと思うよ」

正もそう言って、三人は行動を共にすることになった。

かわいいコースターに乗ると、綾には悟らしい子の後ろ姿が見えた。次のアトラクションでも、空気砲を吹きかけられた瞬間、悟らしい子の歓声が聞こえた。

——悟クンも楽しんでいるようね。

三番目のメリーゴーランドで振り向くと、笑顔で木馬に乗る男の子がはっきりと見えた。綾は一瞬喜んだが、隣の木馬には優しそうな女性が乗っていた。

——あら、これは別の親子連れか……。

木馬から降りたとき、綾はこれまで見たことを高田に伝えた。

「君たちに会えて本当によかった」

高田は形見の帽子を頭にちょこんと乗せ、両手で綾の手を握った。

「あれ、高田さんの手袋って……」

綾が不思議そうに首をかしげた。

「恥ずかしいけど女物だよ」

——女物……

綾は、はっとして口をつぐんだ。

「これは妻の形見でね。あの事故で悟といっしょに亡くなったんだ」

高田は目を細くして笑った。その目尻には涙がたまっていた。綾は、それが落ちるのを見てはいけない気がして視線をそらした。

昔の映画音楽が流れ、メリーゴーランドが動き始めた。

「高田さん、あそこに」

綾は、とびきりの笑顔で回る木馬を指差した。

「ほら、悟クンと奥さんも楽しんでるわ」

真夜中のタクシー

草木も眠る丑三つ時。

月も星もない空から雨が落ちてきた。向こうのほうで雷が光ったが、音はまだ聞こえない。

――今夜も出そうだな。

ベテランドライバーの堀内がルームミラーを覗くと、乗せたはずのない女が座っていた。

――思った通りだ。

色が抜けるように白い女の目には、黒い部分がなかった。

——あっ！

堀内が急ブレーキをかけた。何かがタクシーの前を横切ったのだ。外に出てみるとボンネットが少し凹んでいた。

——猫でないことを祈ろう。

猫を轢くと、次は必ず人を轢くというジンクスがあった。

——はて、前にも似たようなことが……。

車内にもどると、もう女は消えていた。窓の一部が濡れていて、そこに女の手の跡がついていた。

——最近、俺の車にはいろんな霊が集まってくる。

しばらく走ると、中年の男が傘で合図を送ってきた。

——霊は霊を呼ぶというが、あれは人間だな。

堀内は車を停め、後ろのドアを開けた。

「うあああ……」

さあっと青ざめた客の男が、傘を放り出して走り去った。

——女の霊はもういないのに。変な客だな。
堀内はまた、車を走らせた。車はすぐに逃げる男に追いついた。
「たぁ、助けてくれぇ」
——酔っ払いのオヤジか。風邪をひくなよ。
堀内の車は、道端にへたり込んだ男を追い抜き、やがて影も形もなくなった。
この世には、さまよい続ける霊もいる。
突然の事故に巻き込まれ、死んだという自覚がない堀内のような……。

一番美しい

「鏡よ鏡、この国で一番美しいのは誰？」

「お后様、あなたも美しいですが、もっと白雪姫のほうが美しいです」……という魔法の鏡は実在した。それは高貴な身分の一族に代々引き継がれていたのだ。

　時を経るにつれ、鏡は単なる見た目の美しさではなく、もっと質の高い美しさを評価するようになった。王の命を受けた魔法使いが、さらなる魔力を注入したからだ。それゆえ、また新たな物語が……。

　レイラは町で評判の孝行娘だった。今日も家の中をていねいに掃除して、仕上げにトイレをピカピカに磨いていた。そのとき、城から使いの者が訪ねてきた。

「ぜひ明日の舞踏会においでください」

それは王子の花嫁を選ぶダンスパーティーだった。

「王様の強いご希望です。ドレスはこれをどうぞ」

夢のような言葉だった。

――でも、ワタシでは身分が違いすぎる。大きな期待などしてはいけないわ。

翌日、いつものようにていねいな掃除をすませたレイラは、ドレスに着替え、迎えの馬車に乗り城に向かった。

舞踏会は想像以上に華やかなものだった。陽気な笑い声がはじけ、きれいな娘たちが美しいドレス姿で踊っていた。レイラは壁の花として、ずっとそれを眺めるだけだった。

宴もたけなわの頃、ラッパが高らかに鳴った。それを合図に、あの魔法の鏡が会場の中に置かれた。家臣が一同を見回しておもむろに口を開いた。

「この鏡は、一番美しい心を持つ女性を告げます。その女性が王子様の花嫁になるのです」

娘たちは我先にと鏡の前に立ったが、鏡は無言のままだった。

「そなたも鏡の前に立ってみなさい」

最後の一人となったレイラに、王が声をかけた。王はレイラの評判を聞き、大きな期待をしていたのだ。再三うながされたレイラは、とうとう鏡の前に立った。

「おお！」

その瞬間、会場の誰もが声を上げた。ついに鏡がしゃべりだしたのだ。

「あなたはかなり美しいですが、わずかの差で一番ではありません」

王がため息をつき、皆も深く肩を落とした。頑固一徹の王は、一番美しい心を持つ女性を王子の花嫁とすることを譲らなかった。

――私の后も昔、この鏡のお告げで選ばれた。王子も同じようにすべきである。

その後も、王はかたくなに花嫁選びの舞踏会を続けたが、鏡はずっと無言のままだった。

やがて数年が過ぎ、王を献身的に支え、王子を立派に育て上げたお后が、病に倒れて亡くなった。皆が悲しみにくれる中、家臣があわてて王のところにやってきた。

「王様にお伝えしたいことがあると、魔法の鏡が申しております」

王がかけつけると、鏡がしゃべり始めた。

「王様、お后様がお亡くなりになったことで、レイラがこの国一番となりました」

「……そうだったのか」

王はすぐにレイラを呼ぶように命じたが、それをさえぎるように鏡が言った。

「レイラは、もう結婚をして子どもを産みました」

「何だって！」

「レイラの国一番は、この先もずっと続く見通しで……」

古民家の座敷童《ざしきわらし》

『古民家激安物件有』の貼紙に魅かれて、茂はその不動産屋を訪れた。

茂は、男やもめで定年退職をしたばかり。これからは田舎でのんびり暮らそうと考えていた。

「この三つに絞りこんでみました」

恰幅《かっぷく》のいい中年の店主が、パソコンに三軒の古民家を映し出した。茂の出した条件は『菜園ができる庭があり、井戸も使える安い借家』である。

「一軒目と二軒目は月三千円か。確かに激安だね。何か訳ありでは」

「実は、妖怪が住みついています」

「どんな妖怪かね」

「一軒目は天井なめです。この画面の天井にシミがありますよね。これがなめた跡です」

「気味が悪いな。二軒目はどんな妖怪かね」

「ここには目目連《もくもくれん》が出ます」

「それは何だね」

「関節が四つも五つもある指で障子を破り、無数の目で覗《のぞ》いてきます」

「たちの悪い妖怪だな。おや、三軒目は前金で三万円か。十倍だね」

「ここには座敷童がいます」

「ほう、それは縁起がいい妖怪だね」

「当社一番のおすすめ物件です」

「本当に福を呼ぶ座敷童がいるのかね」

「もちろんです。自社物件なのでいつでも見学できます。先月も改装して天窓がついたので、部屋が明るくなりました」

かくして茂は現地にやってきた。

――ほう、条件どおりの庭と井戸もある。

改装したという天窓からは、さんさんと光が入ってきていた。

夜になると、おかっぱで赤ら顔の子どもが出てきた。子どもは畳の縁をスタスタと歩き、やがて襖《ふすま》を通り抜け奥座敷へと消えていった。

――間違いない。座敷童だ。きっと福を呼んでくれるだろう。

茂はすぐに契約書に判を押し、前金を支払ったのだが……。

だが、暮らし始めると他にも妖怪が住みついていた。井戸からは、顔が骸骨で長い髪が生えている狂骨が出てくるし、庭を化け猫がうろついて菜園を荒らした。おまけに天窓からは、鬼のような奇怪な顔をしたしょうけらが覗いてきて……。

――ここは人間の住むところじゃない。

茂は三日もたずに逃げ出した。

「当社一番のおすすめ物件です」

あの店主が新しい客を相手にしていた。

「本当に福を呼ぶ座敷童がいるのですか」

「もちろんです。自社物件なのでいつでも見学できます。今月も庭に菜園ができました」

店主は現地の地図を渡した。そして客が店を出たのを確認するとにんまりとした。

「ふふ……あの家の座敷童が福を呼ぶのは、家主の私だけなのだよ」

サウナの幽霊

ある会社でのこと。

年配の上司が部下の若い男に話しかけた。

「君は無類のサウナ好きらしいね」

「はい、サウナと水風呂を交互に入ると壮快です。課長もどうですか？」

「私は体質的に合わないのだよ。聞いたところでは、君は酒を飲んだ後に入るらしいね」

「はい、いつもそうしています」

「脳の血管が切れてしまうぞ」

「いえ、アルコールも抜けて二日酔いもなくなりますよ」

「何を言ってるんだ。そのまま天国行きになっても知らないぞ」

「好きな場所で死ねたら本望ですよ」

「とにかく君はわが社の大切な人材なのだから、飲酒後のサウナは止めてくれたまえ」

このような上司の忠告にもかかわらず、男は酔ったままサウナで寝こんでしまった。そして脱水症状を起こし、帰らぬ人となってしまったのである。

男は三途の川を渡り、天国に行くこととなった。しかし、天国にはサウナがなかった。百度近い小部屋に入るのは、地獄の設備なので天国には置けないという理由である。男は仕方なく天国を出て、行きつけのサウナにもどってきた。

やがて「サウナに幽霊がでる」という噂が囁かれるようになった。

困った支配人が調査を始めると、噂どおりあの男がサウナの隅で座り続け、ほどなくその姿を消した。数分後、また現われては消えるということをくり返した。支配人は広い額に汗をかきながら、現れた男に声をかけた。

「あのう、噂が広まると営業に差し支えます。そのあたりを考えていただけませんか」

「……ここで死んだことでも迷惑をかけたのですよね。わかりました。明日からは他の店に行くことにします」

男は素直に応じた。支配人には、もう一つ聞きたいことがあった。

「時々、消えていたのはどちらへ?」

「体を冷やしていました」

「うちの水風呂ですか?」

「あそこは明るすぎます」

「では、どこで?」

男はさも当然という顔で言った。

「もちろん三途の川ですよ」

地獄のアイドル

この世でいろいろあって、アイドルが地獄に堕ちてしまった。

「お前は、レベルの低い歌と踊りしかできないのに、メディアに出過ぎた」

「でも、男の子たちは喜んでくれたのよ」

アイドルが、眉をしかめて赤鬼のほうを見た。

「うぶな青少年を騙して、ＣＤを何十枚も買わせただろう」

「握手券をつけたから……」

「たかが握手ごときで。立派な握手券サギだ。お前は元ヤンキーのくせに、何が清純な女の子だ。他にもお忍びで整形するわ、年齢までゴマかしたな。嘘八百を並べやがって」

「それは事務所が決めたので……」

ここで、隣にいた青鬼が口を挟んだ。

「もちろん、事務所の奴らも針の山や釜茹《かまゆ》で地獄に堕ちる」

「ワタシも……」

「お前には、アイドル用の地獄をつくってやったぞ」

「アイドル用？」

「そうだ。コンサート地獄と握手地獄を新設したのだ。どちらかを選ばせてやろう」

「どんな地獄なの？」

「コンサート地獄は、とにかく歌いながら踊るのだ。それを一日に千ステージこなせ」

――それはムリ……。

「握手地獄は、一日千の相手との握手会をやるのだ」

――それなら何とかやれるかも。

「クスン、握手地獄のほうで……」

ジャーン！

地獄の銅鑼《どら》が大きく鳴り響いた。

「ちょ、ちょっと待って」

「何だ？」

「鬼と握手して、そのたびに骨折するなんてのはいやよ」

「俺たちは針の山や釜茹で地獄で忙しい」

「では、誰と？」

「ロボットだ」

「地獄にロボット？」

「今はそういう時代だ。それにアイドルの数も多くなったし、これからもどんどん堕ちてくるだろうからな」

ジャーン！

「ほら、振り向いてみろ」

「ええー！　これって……」

アイドルの前には、千の手を持つ千手観音のようなロボットがいた。その手はすべて握手を求めるような動きをしている。しかも後ろには、千体の同じロボットたちの長い列ができていた。

「あ、握手は千回じゃないの？」

「千の相手と言っただけだ。握手の回数は千かける千だ。お前に計算できるかな？」

アイドルは後ずさりして、へなへなと腰を抜かした。

「初めから握手地獄と言ったはずだ！」

ジャーン！

千体のロボットが鬼の形相となった。

代表のお礼

「長イ間オ世話ニナリマシタ。皆ヲ代表シテオ礼ニ参リマシタ」

深夜のこと。耳もとでささやかれた思わぬ声に目を覚ました末次は、暗い部屋の中で不思議な気配を感じた。

末次は長年勤めた水族館を退職したばかり。その仕事は決して楽なものではなかった。危険な潜水作業による水槽の掃除、餌やりのための早朝出勤や夜遅くの残業も多かったのだ。スタッフも少なく雑用も多岐にわたっていた。だが、末次は水族館の生き物が大好きだったので、定年まで一生懸命がんばり続けたのである。そのことを水族館の生き物たちはよくわかっていた。

「オ礼ニ末次サンノ願イ事ヲ叶エマショウ。何デモオッシャッテクダサイ」

まだ夢うつつの末次は、真っ先に思いついたことをつぶやいた。

「長生きをすることかな」

「ワカリマシタ。私ガ代表デキテヨカッタデス。少シ痛ミマスガ我慢シテクダサイ」

ガブリ！

腕を嚙まれた末次の意識は遠のいて……。


数日後の深夜のこと。

今度は、人相の悪い男が足音を忍ばせてやってきた。

「おい、金を出せ」

荒々しい声の強盗である。

末次の全身の毛が逆立った。

「退職金があるのはわかっている。騒ぐと命がないぞ」

強盗が末次の首にナイフを突きつけた。冷たいものがつーっと背筋を走り、末次の額に汗が噴き出した。ひざも小刻みに震えている。

次の瞬間、末次は無意識に防御の動きをした。

「うあ！」

強盗が腰を抜かした。

「ば、化け物だ。助けてくれ！」

強盗は床を這いながら逃げて行った。

末次の願いは本当に叶ったのである。

——代表できてくれたのはカメだったのか。どおりで……。

末次は、引っこめていた首と手足を元にもどした。

夜のパレード

雪雲が浮かぶ冬の日のこと。

サトルとメグミは、憧れのＴＤＬでデートをしていた。ここはいつの時代も「恋人たちの楽園」。今日も多くの若者でにぎわっていた。

二人はまず、ボートに乗ってジャングルを探検した。愉快な船長のノリに合わせて、冒険ツアーを楽しんだ。

次に、蒸気機関車に乗りパーク内を走った。時折強い風が吹いたので、サトルはそっとメグミの肩を抱いた。

ジェットコースターでは急坂を落下して滝の中へ突っこんだ。一番前に座っていた二人は、かなりの水しぶきを浴びたが笑っていた。地上にもどると、落下の記念写真を宝物のように受け取った。

お腹がすくと、手をつないで森のレストランに入った。二人が注文したのは、名物のカツオバーガー&ゆずジュースセットである。

窓の外では粉雪が舞い始めた。

「あら、すてき」

「冷えると思ったよ」

「あのヤマモモの木も寒そうね」

「うん、春には小さな花をつけて……」

「梅雨どきに実をつけるわ」

「そのころボクはいったい……」

「サトル、早く次に行きましょ」

メグミが艶のある髪を片手で払うと、ほのかにシャンプーの香りが漂った。

二人は、人気のアトラクションを回り続けた。射的ゲームに熱くなったサトルは、悪の帝王めがけて光線銃を撃ちまくった。命中するたびに、手元のコントロールパネルのスコアが上がっていった。

今の時代、ＴＤＬといえば「土佐ディズニーランド」のこと。

突然のテロ攻撃により、雲をつくようなビル群は全て失われた。大都会は、見渡す限りの瓦礫《がれき》の山となってしまったのだ。

そこから遠く離れた土佐の高知は、まだ安全な場所だった。ここに同盟国アメリカの援助を受けて「土佐ディズニーランド」が誕生したのである。

ヒュー、ドーン！　ドーン！

打ち上げ花火の音が聞こえてきた。もうすぐ夜のパレードが始まる。二人は射的ゲーム場の外に出た。風は皮膚を刺すように冷たい。その風がメグミの髪を巻き上げる。

二人の間に、しばし沈黙が流れた。

ザッザッザッ……。

パレードが近づいてきた。その列に、サトルのような若者が次々に加わっていった。

メグミは、サトルの横で叶わぬ願いをくり返していた。

――神様、時間を止めてください。サトルのために。神様、お願いです。時間を止めて。

「サトル！」

メグミは、サトルの胸をたたきながら泣いた。

ザッザッザッ……。

パレードは軍靴の響き。サトルが迷彩服のボタンをはめた。

今日もまた、若者は戦場に送られる。

ペットの行く先

趣味は男の生きがい。

大金持ちのミスターリコの趣味は大きなペットを飼うことだった。

リコの所有する島にはペット居住区があり、アフリカオニネズミ、カナダオオヤマネコ、インドニシキヘビなどが何匹もいた。中でも体長三メートルのブタ、体重が十二トンもあるアフリカゾウがギネス級のペットである。

新しいペットを手に入れると、島ではセレブ仲間を招いてのお披露目パーティーが開かれた。そのたびに招待客は驚き、リコの名声が高まっていった。そのため趣味もどんどんエスカレートしていったのである。

――ゾウより大きい動物といえば、もうクジラしかないな。

リコは、クジラを飼うために湯水のごとく金を使った。クジラを生け捕りにして、島まで運び巨大なプールに入れたのだ。プールには、世界初の人工飼育システムが完備されていた。プールで泳ぐクジラは太陽の光で輝き、灰色の下腹にはフジツボがこびりついていた。あたりには海の匂いがいつまでも漂い続けた、
だが、人工飼育システムの維持には膨大な費用がかかった。さらに、クジラはとんでもない食欲の持ち主だった。そのためリコの財産は目に見えて減っていったのである。

「ご主人様。手元のお金がもう限界に近づいて……」

召使が言いにくそうに報告にきた。

「とにかく来週のパーティーまではもたせろ。そこで評判を取れば会社の株が上がるのだ」

リコの趣味は実益も兼ねていた。

「私は株を担保に金を借りてくる。お前はエサ代を上手に節約しろ。とにかくクジ

ラを予定通りお披露目させるのだ」

かくしてパーティー当日を迎えた。リコは悠然と潮を吹くクジラを得意げに紹介したが、これまでのようなよい反応は得られなかった。

「巨大なプールといっても海とは違う。自由に泳げず窮屈そうだ」

「群れで生きるクジラを一頭だけで飼うなんて。反捕鯨団体からクレームがくるぞ」

「こんなことに大金をかけるなんてどうかしている」

リコの思惑通りには進まなかったのだ。

その数日後、稲妻が何度も夜空をのこぎり状に切り裂いては消えた。巨大なハリケーンが島を襲ったのだ。そのため水族館の電気系統が故障し、人工飼育システムが機能しなくなった。クジラは目に見えて衰弱し、その小さな眼はどんよりと濁り、ついには息が絶えてしまったのである。悪いことは重なるもので、リコの会社の株も大暴落してしまった。

「ご主人様、借りたお金も底をつきました」

「そうか。もう街にもどるとするか」

「船もヘリコプターも壊れてしまいました」

「仕方がない。ペットを売って金を作ろう」

召使は唇を固く結んで首を振った。リコは召使の肩を揺さぶり、鼻先がくっつきそうなくらいに顔を近づけた。

「おい、私のペットはどうしたのだ」

「ご主人様、ペットは全てあの中です」

「オーマイガット！」

召使は、死んだクジラの腹を指差していた。

誤変換

──次は「しえんど」を変換！　うーん「支援度」か。「死エンド」にはならなかった。よし、今度こそ。

剛は死神へのコンタクトを続けていた。それは昨日の夜、スマホに『死神より』というメールが届いていたからだ。そこには『不吉な誤変換が四回続くと面白いことが……』と、あった。剛は嫁のゆかりにそのことを話したが「悪い予感がするわ」と、眉をひそめられただけだった。そこで一人で確かめようと、徹夜で部屋にこもっていたのである。鏡を見ると、目の下に隈ができていた。

「ねえ、何か食べない」

ゆかりが階段の下から聞いてきた。

「そうだな。ヤーさんがいいな」

ヤーさんとは野菜サンドのこと。剛は食べ物まで不吉な略語にしていた。

しばらくしてサンドが届いた。剛はナイフで半分に切り、口に放りこんだ。ゆかりは長い髪をかきあげると、すぐに部屋から出て行ってしまった。

今の時代、死神もスマホを利用している。なぜなら世界中の人間とつながれるから……剛はそんな都市伝説を思い出していた。

——さてと、「ひがしへいく」を変換！　おっ、「日が死へ行く」。次は「たいしぼう」で変換！　よし、「体死亡」。では、「しょけいひ」で変換！　おお！「処刑費」。三回連続で不吉な誤変換だ。それでは「しんだいしゃ」を変換！　やったー「死んだ医者」。ついに四回連続だ。

ブルッ、ブルッ。すぐに死神からメールが届いた。剛はスマホの画面を凝視した。

『誰かの寿命を教えてやろう』

——いきなり寿命か。自分のはちょっと……よし、ゆかりにしよう。

剛は返信を送った。

ブルッ、ブルッ。また、すぐ返信が届いた。

——何、二十九歳だって！　今の歳じゃないか。

「キャー！　助けて！」

ゆかりの叫び声が聞こえた。剛は部屋を出て階段を走り降りた。そこで見たものは、ゆかりが男に羽交い絞めにされている光景だった。男はドクロの顔に黒いマント姿で、手には大きな鎌を持っていた。

——まさしく死神。ゆかりを助けなくては。

剛はナイフを握っていた。さっきサンドを切ったナイフだ。剛はそれを振りかざした。その時、死神がゆかりを剛のほうに突きとばしてきた。

「ギャー！」

剛のナイフがゆかりを突き刺してしまった。

——は、早く救急車を呼ばないと。

剛はナイフを引き抜くと、スマホを求めて二階に向かった。しかし、階段の途中で足がもつれて転げ落ち、頭を強打してしまった。

「フフフ、お前、もう嫁いないよ」

剛の耳元で死神が囁いた。

――ゆかりはもう死ぬのか。何とかスマホまで。あ、足がしびれる。息もつまる。く、首が痛い。まさか骨が折れたのか。いや、ナ、ナイフが首に……。

「フフフ、お前、もう嫁いないよ」

薄れゆく意識の中で、剛はあることに気づき愕然とした。

――もしや、死神の言っているのは……。

「フフフ、お前、もう余命ないよ」

地底の国

三人の探検隊が、薄暗い洞窟を進んでいた。

近くの村人は、化け物がいると近づかない所である。三人は隊長の教授を先頭に、学生の柴田と土井が続いていた。学生の二人は試験で赤点をとり落第寸前だった。教授から探検隊に入れば進級できると聞き、参加していたのである。鍾乳石がカーテンのように垂れた下がった場所を抜けると、そこには地底湖があった。

「ここから先は君たちに託す。潜ってくれ」

二人はお互いの顔を見合わせた。進級のためには、断るという選択肢はなかった。

「地球の内部は長く変化をしていない。そんな安定した所で、知的生命体が住むことは理にかなっている。私の情報では地底の国は素晴らしい所のようだ。でも、君たちはアイ・ラブ地底人なんて言って留学しないでくれよ」

二人は苦笑してうなずいた。

「では、行ってきます」

柴田が長い命綱をベルトに巻き地底湖に入った。ライトに輝きながら白い泡が昇っていく。同じように土井も続いた。湖の水は透き通り冷たかった。底まで潜ると大きな穴があり、入っていくと別の地底湖に出た。湖面から石灰岩の柱が突き出ている。二人はあたりを見回しながら砂浜に上がった。

「地底人は色白でひ弱らしいな」

柴田がリュックから捕獲用ロープを出しながら言った。

「ネットでは、狡猾で凶暴なヒト型爬虫類という情報もあるよ」

土井がスマホを見て眉間にしわを寄せた。

「探険にはリスクがつきものだ。もし地底人を見つけたらすごいことになるぞ」

「うん、世紀の大発見だね」

砂浜の向こうは切り立った崖である。その岩肌が光っていた。

「燐光性の岩かな」

「うん、初めて見たよ」

崖の中央に、人がやっと入れそうな隙間があった。近づくと生魚が腐ったような臭いが漂ってきた。二人は猟犬が獲物を見つけて身構えるように、真っ暗な隙間をのぞきこんだ。

「シャー！」ついに地底人が現われた。二人は一瞬ひるんだが、その背は一メートルもなく、色白の顔はどう見てもひ弱だった。

「捕まえるぞ！」

地底人は、二人をうかがうようにじっと見つめていた。二人が近づくと、地底人はバタッとその場に倒れた。

「たぶん死んだふりだろう」

柴田がその体をロープでしばった。

「爪が尖っていて尻尾もある。体にぬめりがあるし、思ったより下等なヤツだ」

カシャ！　土井がスマホで地底人を撮った。

「シャー！」突然、地底人が爪でロープを切り逃げようとした。柴田はとっさに尻尾をつかんだ。するとプツンと尻尾が切れ、柴田は尻尾とともに転倒した。切れた尻尾はクネクネと動き続けていた。

「ボクが捕まえてやる」

今度は土井が追いかけようとしたところ、もう命綱がいっぱいだった。ちらりとそれを見た地底人がもどってきて、プチッと土井の命綱を切った。

「助けてくれ！」

柴田のほうは、動く尻尾に巻きつかれ自由を奪われていた。

「シャー！」地底人は土井のスマホを取り上げると、メールをうち始めた。

ブルッ、ブルッ。地底湖のほとりで待っていた教授のスマホが震えた。教授はすぐにメールを開いた。

「またか……」

教授は手で額を押さえながら肩を落とした。

『地底の国に留学します。アイ・ラブ地底人』

ニセ金製造機

森のライフワークはニセ金作りだった。

ニセ金は作るだけでも犯罪である。森は何度も捕まり刑務所暮らしをしていたが、懲りることなくニセ金を作り続けていた。

森の狙いはもちろん一万円札の偽造。長年の努力で精密さを増し、もう人の目を騙すレベルまでは完成していた。だが、ニセ金判別機までは騙せなかった。これをすり抜けるには、より精巧なものを作らねばならないのである。森の暗い顔には、もう人生の楽しみをあきらめたような、すさんだ疲労感があった。

――ダメ元で、最後の手を使うとするか。

黒い法衣をまとった森は、魔方陣を描いた布を部屋に敷いた。そして赤いロウソクに火をつけ、奇妙な文句を唱え始めた。

「◎△$♪×¥……デビルよ、姿を現わしたまえ。●&%#?!……」

これは刑務所仲間から教わった丸秘の呪文である。

やがて黒い煙が立ち上り、細長い尾を持つデビルが現れた。

「お前の望みを一つだけ叶えてやろう。ただし、不老不死や若返り以外だぞ」

森が生気を取りもどした。

「ニセ金判別機をすり抜ける力をください」

「変わった願いだな。ふふふ、いいだろう」

デビルが指を鳴らすと、飲料水の自動販売機に似た機械が現れた。それは金色に輝き、謎めいた空気をまとっているように見えた。下のほうには、いかにも一万円札が出てきそうな横長の穴があったのだ。

「これがニセ金製造機だ。上の投入口に材料代を入れろ」

「いくらですか」

「一円ぽっきりだ」

「それはうれしい！」

「ふふふ、お前が死ねば魂は俺のものだ。忘れるなよ」

デビルは黒い煙とともにその姿を消した。

——今までの苦労が報われたぞ。

森は投入口に一円玉を入れ、横長の穴を見つめた。数秒後、穴から何かが見えてきた。その瞬間、森の目が点になった。

ポトッ、コロコロコロ……パタッ。

床に落ちた硬貨がその動きを止めた。

それは精巧を極めたニセの一円玉だった。

恋するイケメン

「先生、僕を人体実験に使ってください」

ジーンズがよく似合うイケメンの学生が、教授に懇願していた。

「ダメだ。思わぬ副作用があるかもしれないからね」

教授は渋い顔だった。

「何事にもリスクはつきものです」

「君は私と違って若いからな」

「先生、一生のお願いです」

「おいおい、土下座はやめなさい」

「僕が体を張って、ノーベル賞級の発明であることを証明してみせます」

——ノーベル賞級……。

この言葉で、教授の気が変わった。

「毎日、経過報告をするのが条件だぞ」

丸秘の新薬を渡された学生は、すぐにそれを飲み街にくり出した。

「うあー、若くて魅力的な女性だらけだ」

学生はさっそく好みの女性に声をかけ、目を輝かせて口説き始めた。女性も初めはガードが堅かったが、徐々に目を潤ませてつき合うことをオーケーした。

周りの誰もが反対をしたが、恋する二人は障害があるほど燃え上がり、甘い生活を始めた。だが、女性はまもなく亡くなってしまった。

学生はまた、街に出て好みの女性に声をかけ情熱的に口説いた。そしてつき合いを始め、周りの反対を押し切り、二人で暮らし始めるのだが、またもや女性が亡くなってしまって……。

——やはり不自然な恋なので、女性に無理がいき不幸な結果になるのか。

自宅のリビングで教授はため息をついた。

「飲んだらどう変わるのですか」

コーヒーを入れてきた妻が尋ねた。

「飲むと不思議な力が備わる」

「どんな力ですか」

ピンポーン。

学生が経過の報告にやってきた。

「先生、困ったことになりました」

「どうしたのかね」

学生は顔を赤くして早口で続けた。

「年配の女性は、若い頃の美しい姿が見えるのですが、それ以外はすべて老人に見えるのです。赤ちゃんも老人顔です。おまけに新車を見ても廃車のよう、新築の家も今にも崩れ落ちそうな廃屋にしか見えません」

——ついに副作用がでたか。

教授は書斎に入り、そのことをパソコンに記録し始めた。

そのころリビングでは、学生と教授の妻が二人きりだった。

「あなたの髪は艶があり、花のような匂いがしますね」

学生が熱っぽく語った。

「そんな心にもないことを」

素直に笑った妻は、自分をじっと見つめる学生の視線を感じていた。

「あら、困ります。そんなこと」

突然、手を握られた妻の窪んだ目が潤み始めて……。

蛍町界隈綺談

——チャンスだ！　きっと長嶋が打つぞ。

「優、もう時間だ。早く寝なさい」

カチッ。小さな白黒テレビから、栄光の背番号3が消えた。

「優、便所に行ってきなさい」

父子家庭で父の命令は絶対だった。優は障子を開け縁側に出ると下履きを突っかけた。

狭い庭の隅に井戸があった。昔ながらの古井戸だ。

それをちらっと見た優は便所に走りこんだ。

——よし、あいつはいなかった。

急いで用を足した優は、きた道をもどらなくてはならない。

——そろそろあいつが……。

優は顔半分を井戸に向けた。そこには女がいた。井戸から出てきた女だ。白い着物で髪の長い女は、黙って優を見つめていた。

「井戸から出るのは、たぶん『皿屋敷』のお菊さんよ」

優は同級生の亜子の言葉を思い出していた。恨めしそうな声で皿を数えるという妖怪だ。

——いや、あれは皿屋敷なんかじゃない。

女は皿を数えて「一枚足りない」とつぶやくことはなかった。それに髪の毛を乱し、血の気の失せた顔をしているわけでもない。

——あれはお菊さんとは違う。

優は脱兎の勢いで家に入り、ぴしゃりと障子を閉めた。

——なぜ毎晩出てくるんだ。

優は黄色っぽい電球の紐《ひも》を引き、布団にもぐりこんだ。

「用意、ドン！」

優と亜子が走り出した。かけっこの勝負だ。亜子は運動会の呼び物、紅白リレーの選手。今年の赤組を優勝に導いた旭小学校のヒロインだ。白組だった優にとってリベンジしたい相手である。

しかし、結果は亜子の勝利に終わった。

——亜子ちゃんは速すぎる。もしかして『天狗』が神通力で風を送っているのかな。

かけっこのゴールは蛍町の神社。大きなご神木が葉を繁らせている。その拝殿の近くにくわえタバコの男がいた。通学路でよく店開きをしている露天商だ。優は、昨日も粘土型と日光写真を買っていた。男は優に寄ってきてニヤリとした。

「うむ、かわいい女の子に負けたのか」

傷口に塩を塗られた優は、がっくりと肩を落としてしまった。

「あのおじさんは『ぬらりひょん』なのよ」

亜子が優に寄りそって耳打ちをした。ぬらりくらりとしているが、人の心の奥底まで見通すという妖怪の総大将である。

「ぬらりひょん……亜子ちゃんはホント妖怪博士だね」

亜子はうつむいて、その頬を染めた。


時は流れて、昭和から平成に変わった。

優は久しぶりに蛍町にやってきた。大人になった優はもう結婚をして子どももいた。

——小学生のとき以来だ。懐かしいなあ。

優は通りを歩き始めた。日は西に傾き、宵闇が迫っていた。

——美人のおばさんの駄菓子屋がなくなっている。亜子ちゃんは『ろくろ首』と言ってたな。クラスにも『雪女』がいたし、それも亜子ちゃんの命名だ。亜子ちゃんはなぜか美人には厳しかったな。

優はポストの横の苔むす階段を降り、昔の通学路に出た。その道幅は狭く人通りはない。

——亜子ちゃんは、今もこの町に住んでいるのかな。

通学路に沿って川が流れていた。そこに目をやった優は、父と酒を飲んだ日のことを思い出した。

「父さん、蛍町の家はもうないよね」

「そうだ。取り壊されて新しい道ができたはずだ。だから立ち退いたのだよ」

「実は、毎晩家の井戸から女が出てきて……」

「どんな」

「白い着物で髪の長い女だった」

しばしの沈黙の後、父は長く封印していた母のことを語り始めた。

「お前の母さんは、車にはねられ川に落ちてしまった」

「交通事故だったの」

「そうだ。お前の喜ぶ笑顔を見たいと、一人で蛍狩りに出かけたんだ」

「ボクのために蛍を。じゃあ、あの女の人は……」

「幽霊は水を通り道にして、あの世とこの世を行き来するらしいな」

父は咳きこみながら、優の前で初めて涙を流した。

今年の三月、父の退職を祝う会でのことである。

今宵、川は穏やかに流れていた。

——もう『河童』はいないだろうな。

水際には盛り土がされ、菖蒲が植えられている。

——この川とボクの家の井戸は、地下の水脈でつながっていたはずだ。だから母は……。

道の向こうの川べりに、屋台の赤提灯がぽつんと灯っていた。優はそこに吸いこまれるように入った。

「おっと、いらっしゃい」

白髪頭を短く刈った主人が、愛想よくコップを二つ出した。

「一人だけど……」

「白い着物で髪の長い女性は違いましたか」

優は急いで風よけのビニールを開いたが、外には誰もいなかった。屋台には先客が一人いて、ずっとタバコをふかしていた。

——どこかで見たような人だな。

優は、ビールをキューッとやると昔の思い出に浸った。タバコの男はいつのまにか姿を消した。

――そろそろ神社にも行ってみよう。

優は屋台を後にした。

――父さんがよく言っていた。この界隈は神様に見守られているって。

夜もふけた神社に参拝客の姿はなく、静まり返っていた。玉砂利だけがひそやかな音をたてる。優は手水舎《ちょうずや》で手を清め拝殿の前に立った。目の前には、大きな鈴を鳴らす鈴緒《すずのお》が垂れ下がっていた。

ガランガラン。

――神様、どうか母に会わせてください。近くにきてくれているはずです。

両手を合わせて祈った優が振り返ると、手水舎の横に女がいた。

白い着物で髪の長い女である。女は黙ったまま優を見つめていた。

――母さん！

女が微笑んだ。上品な若妻の容貌だ。女の時間は昭和で止まっていた。

――母さんは、ボクの喜ぶ笑顔を見たいと蛍狩りに……。

優もニコッと笑った。

――ボクは、もう三十過ぎたオヤジになりました。

やがて女の姿は消え、そこには一匹の蛍が舞っていた。

ガランガラン。

優は、拝殿に向かって深々と頭を下げた。

夜の空は澄みきっていて、星がやさしく瞬いていた。

「おっと、お帰りなさい」

屋台の主人がタバコの男を迎えた。

「うむ、優に幽霊を見せてやったよ」

男はやれやれと目頭を揉んだ。

「さっきの客ですか。なぜそんなことを」

「うむ、昔はわしのお得意さんだったし、心ない一言で傷つけたこともあってね」

「それで幽霊を」

「うむ、優は喜んでいたよ」

「総大将の旦那は、人の心の奥がわかる方ですからね。それに幽霊まで操れるとは」

「うむ、本物の幽霊なんていないからな」

「へえー、そうなのですか」

「うむ、わしら妖怪が見せているか、人間が勝手に幻を見ているだけなのだよ」

男は残りの酒を飲みほすと、タバコの煙のように消えた。

「お父さん、ごめんね」

屋台に女が入ってきた。もう若い娘ではないが、艶のある肌をしている。ふんわりした髪からは、ほのかにコロンが香った。

「おっと、亜子か。遅かったじゃないか」

「家でおでんを仕込んでいたら、何度も火が止まったの」

亜子は四角い鍋におでんとつゆを入れた。鍋からは湯気が上がり始めた。

「『吹き消し婆』の仕業じゃあないのか」

「まさか。今晩は暇そうね」

「さっきまで、ぬらりひょんの旦那と客が一人いたけどな」

「初めてのお客さんなの」

「そうだ。でも、旦那のお得意さんだったらしい。亜子の同級生かもしれないぞ」

「あら、旭小の……」

——ひょっとして優クンかしら。

亜子はすぐにビニールを開いて外に出た。

——優クンはワタシの初恋の人。長嶋が大好きな野球少年だった。

星明かりだけの蛍町界隈は、すっかり闇に包まれていて物の形も定かではない。

——優クンとよくこの道を歩いたわ。あの頃がワタシ、今でも一番好きだから……。

亜子は、道の向こうをいつまでも眺めていた。


心地よく酔ったぬらりひょんは、神社に向かってぶらぶらと歩いていた。

その後を一匹の蛍が追っている。ぼうっと灯る蛍の光は、強くなったり弱くなったりしていた。

ブクブクと水面が泡立ち、河童が顔を出した。

「総大将、亜子と優をすれ違いにしましたね」

「うむ、吹き消し婆に頼んだよ」

「なぜ、そんなことを」

「うむ……」

「亜子は大きな銀行のＯＬなのに、父親が道楽で始めた屋台を手伝う孝行娘ですよ」

「うむ、二人ともお互いに憎からず思っているからな」

「だったら会わせてやれば……」

「うむ、だが優は……もう結婚しているのだよ」

河童は、ぼんやりと風の鳴る空を眺めた。


鳥居をくぐったぬらりひょんは、拝殿の前で立ち止まった。その後を追って子分の妖怪たちも集まってきた。

皿屋敷、天狗、ろくろ首、雪女、河童、吹き消し婆たちである。蛍町界隈は、百鬼夜行の世界となったのだ。

ガランガラン。

――うむ、神様、わしは今夜いいことをしましたよ。

ぬらりひょんがくるりとふり向いた。妖怪たちは、まだ頭を下げ続けている。

「うむむむむむむむ」

後ずさりしたぬらりひょんが、大きく尻餅をついた。

「うむ、か、神様……」

手水舎のそばから女が近寄ってきたのだ。

白い着物で髪の長い女である。

それを見た妖怪たちも目を丸くした。

「そ、総大将……」

「うむ、こ、これは本物の……」

ガランガラン。

女は、拝殿に向かって深々と頭を下げた。

夜の空は澄みきっていて、星がやさしく瞬いていた。

おわりに

広辞苑によると、ショートショート（以下ＳＳと略）は、「短編よりさらに短い小説の形態」とのことです。

短さの定義は、一般的には「原稿用紙20枚に満たない作品」を指すことが多いようです。本書のＳＳも「原稿用紙２枚から12枚まで」です。

ＳＳには必ずオチが必要というものでもありません。オチはないけど不思議な余韻が残るＳＳ、叙情的なＳＳ、風刺の効いたＳＳなどもあります。

私の好みで言えば、予想外のオチがあったほうが読後の満足感につながります。

本書には、そのようなＳＳを多めに収録しました。

構成は次のような三章です。

Ⅰ章……雑誌「季刊高知」に初出のＳＳ12篇。

Ⅱ章……未発表のＳＳ13篇。

Ⅲ章……シュールなものが多い未発表のSS14篇。

一言でいえば、「軽妙洒脱、思わずにやり」を目指したSS集です。

本書の刊行にあたっては、書肆侃侃房の田島安江さんに大変お世話になりました。代表の田島さんは詩人でもあり、その作品からインスピレーションを得たSSも収録しています。

最後になりましたが、この本を手に取り読んでくださった皆様にお礼申し上げます。ありがとうございました。

目代雄一

著者プロフィール

目代 雄一 （もくだい・ゆういち）

1958年、高知県生まれ。香川大学教育学部卒。現在は高知市立鏡小学校長。二作目となる本書は、「季刊高知」に初出の12篇と未発表の27篇、計39篇を収録。処女作の『デビルの仕業』は電子版でも配信中。

装画 坂田 優子
装幀 大村 政之（クルール）
編集 田島 安江（書肆侃侃房）

ショートショートの小箱
森の美術館

2016年8月18日 第1刷発行
2017年2月11日 第2刷発行

著 者 目代 雄一
発行者 田島 安江
発行所 書肆侃侃房（しょしかんかんぼう）
〒810-0041 福岡市中央区大名2-8-18-501（システムクリエート内）
tel 092-735-2802 fax 092-735-2792
http://www.kankanbou.com info@kankanbou.com
印刷・製本 大村印刷株式会社

ISBN978-4-86385-230-3 C0093